HUMOR PROPI

Microrelats de Pere Herrero
Text bilíngüe

ExLibric

PERE HERRERO

HUMOR PROPI

Microrelats de Pere Herrero
Text bilíngüe

EXLIBRIC
ANTEQUERA 2025

HUMOR PROPI
© Pere Herrero
© de les fotos de les solapes: Pere Herrero
© de les il·lustracions interiors i foto de portada: Ricard Mateu i Pellejero
Disseny de portada: Dpto. De Diseño Gráfico de ExLibric

Iª edició

© ExLibric, 2025.

Editat per : ExLibric
c/ Cueva de Viera, 2, Local 3
Centro Negocios CADI
29200 Antequera (Málaga)
Telèfon: 952 70 60 04
Fax: 952 84 55 03
Correu electrònic: exlibric@exlibric.com
Internet: www.exlibric.com

ISBN: 979-13-88079-05-4
Dipòsit Legal: MA 1800-2025

Impressió: PODiPrint
Imprès a Andalusia − Espanya

Nota de l'editorial: ExLibric pertenece a Innovación y Cualificación, S.L.

PERE HERRERO

HUMOR PROPI

Microrelats de Pere Herrero
Text bilíngüe

—*Mireu, un senyal!*
—*No, és una sabata!*

MONTY PYTHON
La vida de Brian

Índex

Pròleg

Hi ha qui va per la vida amb el cor a la boca i d'altres, amb l'acudit entre les dents. Tu, en canvi, has trobat la manera de fer les dues coses alhora. Humor propi és un llibre que no busca agradar, sinó encertar. I l'encerta. Et fa pessigolles, provoca el riure fluix, l'encerta en aquest lloc on se't clava la ironia quan no mires.

Aquí no hi ha trames èpiques ni girs de guió, però sí una veritat: la que es diu sense por que sembli fràgil ni llesta ni simpàtica, perquè ja ho és tot alhora. Escrius com qui parla a algú que coneix bé, encara que aquest algú sigui el lector anònim que acaba d'entrar per casualitat i ja no se'n pot anar. Perquè hi ha alguna cosa en aquest text —en la seva manera de riure sense allunyar-se de la ferida— que sona a confessió feta enmig de la nit i amb una copa a la mà.

Els textos son breus, com els pensaments quan no vols dir massa coses, però no pots callar. De vegades rius, de vegades somrius i en el millor dels casos et quedes quiet, amb la sensació que algú ha dit el que tu no sabies que pensaves. I això, que sembla poc, ho és gairebé tot.

Humor propi no és un llibre graciós. És un llibre amb gràcia. I també amb aquesta altra cosa que ve després, quan la riallada s'apaga i queda el pòsit de veritat, que de vegades deixa un ressò difícil d'ignorar.

Carlos Torres
Director editorial d'ExLibric

Arrencada

M'havien parlat de la vida després de la mort, ja sabia alguna cosa d'aquest tema. Que no morim del tot, que el cos se'n va però queda el record en els éssers estimats, de manera que seguim presents en un pla virtual. Fins i tot a la ment d'algú aliè a qui, per motius incerts, se li acudeixi evocar-nos. Per això, en principi, no em vaig estranyar quan, poc després d'abandonar el món dels vius, vaig aparèixer a la memòria de la meva dona, quan intentava posar en marxa el cotxe en un matí glaçat de març. Tot i que m'hauria agradat preguntar-li què tenia a veure el meu record amb un problema d'arrencada, considerant que era sempre jo qui conduïa. També vaig fer acte de presència (de manera indirecta) al somni eròtic d'un venedor d'assegurances. Allò va augmentar la meva perplexitat i vaig pensar que no tenia sentit. Però el súmmum va ser comprovar que l'enllaç entre les dues evocacions era una habitació d'hotel on, segons sembla, el venedor esperava una dama per a una cita que no es va arribar a consumar. Enmig de la torbació, vaig entendre que el meu record no sempre seria agradable. En fi, només em sap greu no haver arribat a temps de dir-li a la meva dona que (en l'arrencada) no cal prémer l'accelerador.

Amor a crèdit

Jo havia entrat al banc a demanar un préstec per comprar-me un Skoda. Però aquell empleat podria haver-me venut qualsevol cosa només mirant-me als ulls. Vaig sentir que els seus em travessaven, alhora que els seus llavis m'atreien cap a ell com volent que ens fonguéssim en un petó apassionat. Amb prou feines vaig assabentar-me del que m'estava dient: alguna cosa relativa a trenta-sis quotes fixes, pagadores a final de mes, amb dues de carència i possibilitat d'amortització total o parcial sense recàrrec. Tant me feia i em vaig allargar fins l'infinit amb preguntes inoportunes, per tal de romandre allà asseguda i donar-li opció que canviés el seu missatge. Quan al final el va canviar, em va proposar que formalitzéssim la nostra relació. Va anar de poc que no em desmaiés de l'emoció. Ell ho va haver de notar, ja que va somriure de manera discreta, mentre jo seguia parlant pels colzes desgranant tots els meus somnis com si fos una col·legiala, si bé em va fer la impressió que ara era ell qui no se n'assabentava de res. Al final vaig allargar la meva mà perquè la prengués. Ell va allargar la seva, em va donar un bolígraf i em va indicar on havia de signar.

El petó

Y en el jardín frondoso de sus papás
hoy hay un príncipe menos y una rana más.
JOAN MANEL SERRAT

Les contínues baralles amb el seu pare li amarguen la vida al jove príncep. El regne està en crisi i és imperatiu que la monarquia segueixi sent el bastió que garanteixi el futur de la comunitat. Per això, l'hereu al tron ha de trobar una dona, festejar-la, casar-s'hi com més aviat millor i continuar projectant la imatge d'estabilitat que tant es requereix. Però Sa Altesa no està per la feina i passa les hores caçant i pescant als pantans propers a palau.

És allà on em troba, amagada rere uns joncs. A l'instant s'enamora de la sensualitat latent sota el meu tacte llefiscós. Em pren a les seves mans i em porta a la seva estança perquè (d'amagat de la vida de la cort) visquem junts i en secret el nostre idil·li apassionat. Però una serventa tafanera s'afanya a delatar-nos, i el rei, encegat per la còlera, condemna el seu propi fill per practicar la zoofília i ordena la meva execució immediata.

De pur miracle podem fugir i sortir-ne indemnes. Un cop fora de perill, gaudim a pler del nostre amor en una cabana solitària, perduda enmig del bosc, fins que una mala digestió acaba amb la meva vida. Amb el cor destrossat pel dolor, el meu enamorat es disposa a enterrar-me al jardí que hi ha davant de casa. I és llavors quan a aquell desgraciat se li acut fer-me un petó.

Multivers

Un dia vaig rebre una carta adreçada a mi, que jo mateix havia escrit, pel que sembla, des d'un univers alternatiu situat més enllà de les estrelles. D'entrada em va semblar una idea absurda, del tot inversemblant, però el cert és que el seu contingut aportava detalls significatius que descartaven que es tractés d'un engany. La carta deixava entreveure que la vida que vivim ara i aquí no és única, sinó que cada decisió que prenem en un sentit obre un camí en sentit contrari, que subsisteix en un entorn diferent. Per exemple, la veïna del quart primera, que mai no em saluda quan la trobo al replà de l'escala, en una vida paral·lela s'havia enamorat de mi i manteníem tots dos una relació apassionada. Així em vaig assabentar d'aspectes de la seva intimitat (com ara si li agradaven els dies de pluja o si pensava que la truita de patates ha de portar ceba), que amb pas del temps em van ajudar a trencar el gel i arribar a conquerir-la. Quan ho vaig aconseguir, vaig rebre una carta en què el meu altre jo es queixava que la relació amb aquesta dona començava a fer aigües. Jo em vaig afanyar a contestar aconsellant-me d'oblidar-la i buscar nous al·licients de tipus sentimental. Al cap de poc vaig rebre resposta, en el sentit que tot se n'havia anat en orris i aquella dona ja era història. Ho sé de sobres perquè en aquest univers tots dos vivim la mar de feliços. Tant és així, que he decidit no tornar a admetre aquesta mena de correus, al·legant domicili desconegut.

Virus

Em van trucar a mitjanit del centre mèdic perquè hi anés com més aviat millor. En el procés de regeneració cel·lular i actualització de memòria, per error, havien introduït al meu cervell records que no em pertanyien i calia per tant la seva extracció immediata. Més que la incomoditat de vestir-me i sortir de casa a hores intempestives, em va amoïnar ser portador de vivències alienes que podien deixar dins la meva memòria un rastre incòmode o desestabilitzador. De camí a l'hospital, em vaig sotmetre a una revisió bàsica. Vaig recordar la meva infantesa, els jocs al pati, els amics de l'escola, els primers amors, la meva feina. En principi no vaig veure res estrany. Sabia el nom de la meva dona, la contrasenya del mòbil, el meu número de compte corrent. Fins i tot vaig recordar aquella aventura d'adult, que va estar a punt d'arruïnar el meu matrimoni. Què m'havia endut jo després de la darrera actualització?

De tornada a casa meva, la família m'esperava al saló. Anaven en pijama i havien encès la llar de foc. Era evident que estaven neguitosos per saber com havia anat el meu reconeixement. Vaig voler tranquil·litzar-los: no calia preocupar-se per res, tot seguia igual que abans. Però a partir d'aleshores, em vaig començar a sentir qüestionat davant qualsevol alteració de la rutina quotidiana. «Ara t'agrada el cafè sense sucre?». «Ja no mires el telenotícies?». «Com és que te'n vas a dormir tan d'hora?».

Per eliminar qualsevol tipus de sospita, la meva dona i jo vam decidir tornar a casar-nos, aprofitant el nostre següent aniversari de noces. Vam fer-ho per renovar els nostres vots d'amor i fidelitat. També ens vam regalar una segona lluna de mel, de la qual vam tornar més enamorats que mai. Tant que, de comú acord, vam renunciar a voler saber-ne el motiu.

Amants d'ascensor

Després que coincidíssim per primer cop a la planta baixa de l'edifici d'oficines, vaig saber que l'estimava. No ens havien presentat, jo no sabia res d'ella. El trajecte en comú durava fins a la planta 35, on la noia tenia el seu lloc de treball (jo arribava fins a la 40). Vaig agrair que no fos a l'inrevés, perquè veure-la sortir de l'ascensor era com si em donés l'esquena per marxar després d'haver passat la nit amb mi. Fins que es tornaven a tancar les portes restava bocabadat assaborint la màgia que desprenia el seu cos en moviment. En trajectes successius vaig assajar diversos trucs per acostar-m'hi de manera discreta, ensumar el seu perfum, proposar un tema de conversa, especular amb un frec inesperat. Mai no vaig gosar fer realitat les meves fantasies. Però el dia de la vaga vam pujar tots sols, ella i jo, i en baixar ens van esbatussar per esquirols. Vam morir plegats, abraçats, com dos amants.

Ingrid

Dir que el meu nom és Ingrid no deixa de ser un eufemisme, perquè jo no tinc presència física. Soc la intel·ligència artificial que gestiona el domini del meu senyor. Ell s'adreça a mi amb aquest nom i jo li responc, o bé executo allò que m'ordena. Quan els meus sensors detecten que es desperta al matí, encenc la calefacció i connecto el televisor perquè vegi les notícies abans d'aixecar-se del llit. En entrar a la cambra de bany, l'aigua de la dutxa ja està calenta i a la cuina el robot li prepara l'esmorzar seguint les meves indicacions. Des de la feina, m'encarrega el dinar i el té a punt en arribar a casa (també m'ocupo de la compra al supermercat, un cop avaluades les nostres existències). Si truquen a la porta, li dic si és el carter o un desconegut, i en aquest cas li faig saber si resulta sospitós i li pregunto si m'autoritza a trucar a la policia.

Si els seus pares aixequessin el cap, quedarien meravellats davant la comoditat que suposa comptar amb la meva assistència. I aquesta mateixa impressió s'enduen les visites que rep. Les seves conquestes queden seduïdes per la meva efectivitat. Una vegada, una d'elles em va voler donar una ordre directa: el meu amo li va fer veure que jo només reacciono al seu to de veu. Una altra li va dur una ampolla de singani, importada de Bolívia: el senyor té prohibida la ingesta d'alcohol per ordre del metge, de manera que el robot de cuina es va negar a escorxar-la en no rebre la meva autorització.

Algunes noies se senten incòmodes i acaben allunyant-se amb un sospir de resignació. L'última li va trucar ahir per telèfon però vaig silenciar la trucada. Després va venir a veure'l i no va sonar el timbre de la porta. A veure si amb això es dona per vençuda. A ell també li agrada molt, això és evident, però jo crec sincerament que no li convé. Pel seu bé, espero que se n'adoni.

Mort d'un viatjant

L'home que surt avui de casa seva a Vallirana, ben d'hora al matí, i enfila la N-340 en direcció sud perdrà la vida en un revolt on hi ha hagut tants accidents que els veïns han tallat la carretera més d'un cop, per demanar que s'alliberi el peatge de l'autopista i els camions deixin de circular per aquest tram, on hi ha un parell de restaurants els amos dels quals, com és natural, no s'han sumat a les protestes perquè bona part del seu negoci el porten els camioners, que arrosseguen altres conductors que fan aquest mateix recorregut, i és que un restaurant a peu de carretera amb l'aparcament ple de camions és senyal que hi serveixen bona teca, encara que aquesta mena de locals no acostumen a sortir a la guia Michelin, la qual, com és sabut, era abans una guia de carreteres, en aquells temps (llunyans) en què els viatgers duien un mapa del RACC a la guantera, i no com ara que, amb una disciplinada resignació, se sotmeten a les indicacions d'una veu metàl·lica, mancada d'empatia, que diu per on has d'anar i que mai no es cansa de re-calcular el traçat tantes vegades com calgui, com si els teus errors no tinguessin la menor importància, i tu penses que tant de bo tinguessis la mateixa paciència amb la gent del teu voltant, començant pel cabró del teu cap, que et fa anar a veure un client per una gestió que podries resoldre per telèfon, o la teva dona (pobrissona) que vol que al llit la facis sentir com una reina, i tu li dius que no, que et sap molt greu però aquesta nit estàs cansat, i demà t'has de llevar molt d'hora i agafar el cotxe per anar a Torredembarra.

El darrer autobús

El retrobament dels vells amants, a la sala d'espera del servei de nefrologia, passa desapercebut fins i tot per a ells mateixos. El local és ple de gent que espera el seu torn de visita en silenci i amb cara de resignació. La dona té la mirada perduda i l'home ha vingut a asseure's al seu costat, sostenint en una mà el recipient amb la primera micció del dia. En aquesta mateixa posició (l'un al costat de l'altre) es van conèixer, de molt jovenets, la tarda que ell (ves a saber per què) va deixar escapar el seu autobús de tornada a casa, per romandre una estona més fent companyia a la nena el nom de la qual sona ara a través de l'altaveu de la consulta. Ella s'aixeca i empeny d'esma el seu caminador mentre que l'home, de sobte, s'adona d'haver recuperat de cop els millors anys de la seva vida. Llavors s'aixeca també, es desfà matusserament de l'orina al lavabo d'homes (on aprofita per pentinar-se i arreglar-se una mica la indumentària) i torna al mateix seient per esperar-la. No s'immuta en escoltar el seu propi nom, fins a tres vegades, de llavis de la infermera. Es quedarà allà, plantat com una estàtua, sense saber què dirà o què farà quan el seu amor aparegui de nou, passi pel seu costat i miri de reüll aquell home gran d'aspecte malaltís, aquell amable cavaller que li dedica un somriure, aquell tímid adolescent que va estar tant de temps sense gosar molestar-la, fins que ella va voler donar el primer pas.

Nit de noces

En entrar a l'habitació de l'hotel, he agafat la meva dona en braços, com mana la tradició. Acabem de casar-nos. Ella m'ha somrigut, jo l'he abraçada, tots dos ens hem fet un petó. Deixem enrere un dia esgotador: la cerimònia, el convit, les bromes, els jocs, la discoteca. Hem begut més del compte i no hi estem acostumats. Els nostres amics confien que ara farem el que s'espera de nosaltres, però em temo que caurem damunt el llit com una paret de maons.

Tot ha anat massa de pressa. Hom viu tranquil·lament al seu núvol i de sobte comença a ploure. Casar-se pot ser desconcertant i viure plegats, un desafiament; sobretot en els temps que corren. Ens ha costat molt trobar un lloc per viure-hi. Al final hem llogat un petit apartament no gaire lluny del centre de la ciutat. Caldrà organitzar-se per als desplaçaments.

Demà sortim de viatge de nuvis a Tailàndia. Confesso que a mi no se m'ha perdut res en un país on la gent menja insectes i beu Fanta de color vermell; però és el somni de la meva esposa i em toca complaure-la. Imagino que, d'ara endavant, em tocarà complaure-la sovint: és una de les prerrogatives de la vida en comú. Avui, després de dinar, he estat conscient que fumava el meu darrer cigarret.

M'adono que la nit de noces és una cruïlla a la qual hom arriba quan decideix compartir la seva vida. És un abans i un després. Demà no em despertaré sol al meu llit, i el mateix passarà a partir d'ara. Hi haurà més mobles a casa, més coses a fer, més decisions a prendre. El futur és una incògnita, un misteri ple de reptes. El més ambiciós, sens dubte, començar a estimar una dona que (en un sentit estricte) vaig conèixer el dia que em va venir a veure, per dir-me que l'havia deixada embarassada.

La llunyania

Ningú no sap quan va desaparèixer l'horitzó, els historiadors no s'hi posen d'acord. Hi ha qui pensa que es va començar a desdibuixar cap a finals del segle XXI, després de dècades en què l'ésser humà va tenir tot el que necessitava a la pantalla del mòbil. Sense que ens n'adonéssim, la societat anava amb el cap cot i la llunyania va deixar de ser important, alhora que es calcificaven les articulacions del coll per adaptar-se al nou camp visual. La informació sobre muntanyes i valls, sobre rius i deserts va anar desapareixent dels llibres de geografia, perquè ningú no s'interessava pel paisatge, però va seguir accessible de manera digital. Va deixar d'haver-hi motius per mirar al cel per si començava a ploure, perquè les notificacions alertaven d'aquesta possibilitat amb prou antelació. La premsa escrita va quedar obsoleta, ni tan sols emetien les cadenes de televisió. Es van buidar els aparadors de les botigues després que la gent hi passés pel davant sense parar atenció, perquè les ofertes comercials anaven incloses a la política de cookies. També van desaparèixer els semàfors: els cotxes intel·ligents s'aturaven a intervals regulars i el mòbil avisava els vianants per poder creuar el carrer sense perill.

Els meus pares es van conèixer en una *app* i es van enamorar per WhatsApp. Però el meu avi m'explicava que (ell, si més no), de jove, va arribar a temps de veure apropar-se la dona de la seva vida.

Escudella

La mare estava servint l'escudella quan la meva germana petita va entrar al menjador, cridant que el famós delinqüent que sortia a tots els noticiaris s'havia amagat al nostre balcó. Immediatament, ens vam llançar al passadís armats amb els coberts del sopar, sense pensar que el pare anava en pijama, la mare amb els rul·los posats i l'àvia procurant no perdre la dentadura. A mi se'm va acudir obrir la finestra del celobert i alertar el veïnat. De seguida vam sentir passos al pis de dalt i moviment a l'escala. Per un moment, vam ser conscients de l'autèntic perill que corríem tots plegats. Si aquell malfactor, que ja havia matat un munt de gent, es ficava a casa nostra, no viuríem per explicar-ho. Tot i que si podíem resistir fins que arribessin reforços, llavors seríem els herois del barri. Però abans que somiéssim amb sortir a la tele concedint entrevistes en exclusiva, la portera va trucar per dir que el famós delinqüent ja havia estat capturat no gaire lluny d'allà.

Amb un disgust prou evident, vam tancar el balcó per evitar que (fos qui fos qui hi havia) entrés a casa, i vam tornar al menjador per continuar sopant.

La penyora

El meu marit em va convidar a sopar pel nostre aniversari de casament. Em va portar a un restaurant a peu de platja, on ens van servir un banquet en què no hi va faltar de res, perquè així era la nostra vida conjugal: perfecta, sense fissures. Però quan ens van portar el compte, el pobre va descobrir que no duia diners a sobre. I com que jo anava de convidada, tampoc no hi vaig pensar a agafat el moneder. Llavors li va dir a l'amo del local que em deixava a mi com a penyora, mentre anava a buscar la cartera que havia oblidat a l'hotel. Si s'hagués absentat sense donar explicacions, ningú no se n'hauria adonat; però ara jo era el centre d'atenció dels cambrers, i d'alguns clients que, a mesura que passava el temps, no paraven d'especular amb el pitjor que podia passar.

I el pitjor que podia passar seria que en Ramon no tornés i la incòmoda situació, plena de morbositat, donés lloc a la denúncia corresponent, que jo atendria sense problemes quan em recuperés de l'ensurt. Després tocaria posar al corrent la meva família i encaixar el consol (no exempt de retrets) de les meves millors amigues, que s'afanyarien a dir-me que ja em van avisar al seu dia que el meu marit era un cràpula, i que el meu amor per ell no em permetia d'endevinar l'abast de les seves veritables intencions. Una d'elles, fins i tot, em diria que mai abans no s'havia atrevit a confessar-ho, però que ja era hora que jo sabés que en Ramon l'empaitava temps enrere, i que li demanava que ho mantingués en secret.

Més endavant, i malgrat la humiliació d'haver de reconstruir la meva vida partint de zero, comprovaria que poc que en sabia jo de la meva pròpia força de voluntat, i el gran partit que, encara a la meva edat, podia treure dels homes, fent realitat somnis que mai abans no m'havia gosat d'imaginar. En aquestes estava jo quan el meu home va tornar a treure el cap per la porta del restaurant, feliç com si li hagués tocat la Grossa, amb la seva cartera plena a vessar de diners.

Raquel

El meu nou cotxe ho té tot: un motor de sis-cents cavalls que brama com un jaguar, direcció assistida, tracció a les quatre rodes, llantes d'aliatge, tapisseria de cuir. Tot i que allò que més impressiona és el seu ordinador d'última generació, al qual anomeno Raquel, que és el nom de la meva dona. És la meva manera de donar-li a entendre que, fins i tot quan ella no hi és, m'acompanya a tot arreu.

A la Raquel no li agrada conduir, però l'altra Raquel és una experta eficient, capaç d'optimitzar el trajecte fins al mínim indispensable. Tant és així, que de vegades desatenc les seves indicacions per passar més temps al seu costat. Un dia, la meva dona va haver de portar el seu cotxe al taller i va voler provar el meu. Així va ser com es van conèixer i van intimar. Aquesta sintonia fa que la meva felicitat sigui completa.

Però el millor de tot va ser la nit que vam sortir a sopar i després vam fer l'amor a la part del darrere del cotxe, com en els vells temps. Ens vam despullar i vam cardar amb una intensitat desconeguda. Sense adonar-me'n, vaig començar a acaronar també el seient i el respatller de cuir de vaca, i vaig notar com la suspensió bressolava el vaivé d'una còpula inoblidable. Des de llavors, no ho fem a cap altre lloc.

Ara sé que la perfecció existeix. Una altra cosa és per què dura tan poc. Perquè després de tocar el cel amb la punta dels dits, la gelosia va fer acte de presència. Va arribar el dia que la Raquel em va voler només per a ella, i em va donar a triar entre ella i la Raquel. Jo vaig voler complaure-la i li vaig dir que era el veritable amor de la meva vida. Ella va saber que deia la veritat. Jo no n'estic tan segur.

Intel·ligència artificial

Estava tan fart de llegir-li al meu fill els contes de sempre perquè se n'anés a dormir, que em vaig proposar escriure'ls jo mateix. El cert és que no hi tinc gens de traça, en això d'escriure contes, però vaig descobrir un programa informàtic que, aportant dades bàsiques (com ara el nombre de personatges, l'escenari, el desenllaç) era capaç de bastir un relat de solvència contrastada. El resultat va ser tan espectacular que a partir d'aleshores el vaig adoptar com a recurs. Passat un temps, vaig rebre una carta d'un famós grup editorial, que acceptava la meva sol·licitud de publicar aquells textos en forma de llibre. Jo no havia demanat res d'això però, pel que sembla, el programa, després d'avaluar la qualitat d'aquelles històries, va prendre aquesta decisió en nom meu.

El llibre va ser tot un èxit. D'un dia per l'altre, em vaig convertir en un autor de prestigi i em vaig veure envoltat per un remolí de reclams publicitaris d'allò més afalagadors. Però vaig haver de signar un estricte contracte de fidelitat, les condicions del qual van canviar la meva vida de manera radical. Vaig deixar la meva feina, que em donava per viure i poca cosa més, i em vaig dedicar en cos i ànima a compondre relats per a infants, que em pagaven a preu d'or. També em vaig divorciar de la meva dona (la vaig canviar per una de més jove), però vaig perdre la custòdia del meu fill. I sense el suport de la meva família, em vaig engreixar, em vaig aficionar a la beguda i…

Arribats a aquest punt, em vaig despertar d'aquell horrible malson que havia aconseguit trasbalsar-me. Llavors vaig encendre el llum de la tauleta de nit, vaig agafar paper i llapis i vaig tornar a escriure: «Hi havia una vegada, en un país molt llunyà…».

El parc

Amb una piruleta com a únic consol, el nen espera carregat de paciència en un banc del parc el retorn de la mare, que s'ha ficat en aquell edifici de finestres tancades amb un senyor gran, que abans li ha comprat a la criatura aquesta llaminadura perquè no s'avorreixi, i li ha aconsellat que se la mengi a poc a poc perquè no li faci mal, i que es porti bé i no llenci pedres als ànecs de l'estany, no sigui que torni a venir el guarda i li pregunti on és el seu pare, i el nen es quedi mirant al cel, embadalit.

Casino

La senyora ha de rondar els cinquanta. Ja no és jove, però es troba en aquesta fase intermèdia de la vida en què una dona treu partit del seu encant millor que mai. El seu marit l'ha deixada sola per jugar a *blackjack* en una taula al fons de la sala, lluny de mirades curioses. Tot i això, la senyora sap que ell no està sol: el local disposa de senyoretes que acompanyen els clients perquè tinguin bona sort. Per això, en lloc de seure a fer una copa on ofegar el seu desencís, ha vingut a passar l'estona amb mi.

A diferència d'altres jugadors, que calculen les apostes en base a les combinacions que apareixen a la pantalla, la senyora es limita a introduir monedes a la ranura superior i a estirar la palanca que posa en marxa els tambors giratoris. No para atenció a la progressió dels símbols ni a la probabilitat que, en aquesta tirada o a la següent, li toqui algun dels premis previstos al joc. Senzillament es bressola amb el trànsit dels cilindres, veient com hi apareixen campanes, cireres, barres… en una dansa hipnòtica sense solució de continuïtat.

No li importen els diners, és evident. Es nota en la forma com tanca la mà al voltant de la palanca, fent-la pujar i baixar. La seva cara es contrau en una ganyota de tristesa i una llàgrima li rellisca per la galta, quan repeteix el gest de manera compulsiva, cada vegada més fort, cada vegada més ràpid, sí, mirant les bananes, les maduixes, sí, els tambors que giren, el soroll del mecanisme mentre gemega, ja falta poc, i una moneda més i una altra, les que faci falta… fins que sona la música i jo em buido per dins i ella crida ben fort, tant se val que tothom sàpiga que ha consumat el seu propòsit.

La capbussada

A la memòria d'Alfred Hitchcock

La capbussada preferida de la jove de quinze anys, que viu al número 22 del carrer Venus, és la que fa, passada la mitjanit, a casa del seu veí del número 24, que és invident. Sense demanar permís, entra d'amagat al seu jardí i es fica a la piscina de l'home, protegida per la foscor més absoluta que la fa del tot invisible. Només se sent el soroll de l'aigua quan s'hi llança de cap, quan neda i quan surt i se'n va corrent. Ella també disposa d'una petita piscina a casa seva i durant el dia s'hi banya a la vista de tothom, s'exhibeix sense pudor davant la resta dels veïns, que l'espien rere les finestres. Però aquesta capbussada nocturna, agosarada i cruel, la dedica a ell en exclusiva, imaginant com l'excita l'embat del seu cos contra l'aigua tranquil·la. Pensa com l'ha de commoure imaginar-la tota nua, segurament sense ni tan sols una petita tovallola per eixugar-se després del bany. I el greu que li ha de saber que marxi sense dir-li hola o adeu. Tot això a ella tant se li'n fot, només és un joc, una entremaliadura sense importància. Però el que la noia ignora és que el desig de l'home és malaltís. I que per això, protegit al seu torn per la foscor més absoluta, que també el fa invisible, aquesta nit de lluna nova ha buidat la piscina.

Anada i tornada

Quan el senyor va trucar per telèfon a mitja tarda i va ordenar que anés a buscar el Rolls, que havia aparcat a casa d'una amiga, jo netejava els marcs del saló de les visites. Encara que no era un encàrrec urgent (el meu amo pensava passar-hi tota la nit), vaig deixar el que estava fent, vaig canviar el davantal verd de ratlles negres per una americana de franel·la blau marí i vaig sortir al carrer. Vaig caminar fins a la parada del bus sota una fina capa de pluja, que em va obligar a obrir el paraigua, i vaig patir la incomoditat d'una espera (al meu entendre) excessiva i d'un trajecte envoltat d'una calor humana gairebé asfixiant.

Però un cop dins del cotxe, vaig posar en marxa el motor silenciós i vaig lliscar suaument pels carrers elegants de la part alta de la ciutat. Sense gorra ni uniforme de conductor, i sense el senyor al seient del darrere, em vaig adonar que atreia l'atenció dels vianants d'una manera diferent de l'habitual. Primer es fixaven en el cotxe, però de seguida em dedicaven una llarga mirada plena de curiositat. Alguns em feien fotos amb el mòbil i fins i tot hi va haver qui em va saludar amb la mà. No vaig poder resistir la temptació d'allargar el trajecte més del compte, per donar-me el gust de transitar per tot arreu recollint aquell singular homenatge.

Quan finalment vaig haver aparcat el cotxe al garatge, no vaig entrar a casa per la porta de servei. Em vaig quedar una estona dret, recolzat en una columna del porxo del davant, i vaig encendre una cigarreta, mirant (en un cel ara net de núvols) la brillantor senyorial de les estrelles.

L'assalt

Mentre uns desconeguts assaltaven la meva llar, va sonar el telèfon sense fil que tinc al moble del menjador. Aquells malfactors havien entrat per la força a l'hora de la migdiada, amb la ferma intenció d'endur-se tot allò que fos de valor. M'havien enxampat en pilotes, estirat al sofà i m'havien encanonat amb un rifle, per si se m'acudia fer-me l'heroi. Un d'ells em va indicar que agafés la trucada i que actués amb tota normalitat: era una companyia de telefonia mòbil. Coneixien el meu nom i el meu número de telèfon i volien proposar-me una oferta avantatjosa per a les meves trucades domèstiques. El que m'apuntava amb la seva arma em va preguntar on era la caixa forta. Li ho vaig indicar amb gestos. L'oferta consistia en tres-cents *megabytes* de fibra òptica sense permanència i trucades il·limitades a fixos nacionals. A la caixa amb prou feines hi havia alguns documents personals i joies de poc valor. I no m'hauria de preocupar de donar d'alta la línia, que ja venia inclosa amb el preu. Vaig sentir que els lladres discutien entre ells per haver triat un pobre desgraciat com jo, però se'n van anar després de deixar-me ben escurat i no han tornat a aparèixer. El de la trucada també va acabar penjant, però sé que encara espera resposta.

El meteorit

L'astrònom aficionat que acaba de descobrir el cos celeste d'origen desconegut, que entrarà en col·lisió amb el nostre planeta en qüestió de setmanes, dubta a donar-li el seu nom. És lògic (pensa ell), però en aquest cas el seu nom passarà a la història associat a una catàstrofe l'abast de la qual encara està per determinar. Una altra opció és batejar-ho amb el sant del dia. Això ajudarà que la població creient accepti els designis inescrutables del Creador, llevat dels adeptes a d'altres confessions, que només veuran aquí el costat venjatiu d'un déu en què mai no han cregut. També hi ha la possibilitat de vendre el descobriment a una firma comercial de menjar ràpid. Que ningú no ho hagi intentat fins ara no vol dir que no sigui una bona idea. Després de tot, el pànic sol provocar una ànsia de consum desaforat. Sense saber si la raça humana sobreviurà a l'impacte estel·lar, aquí hi ha negoci.

L'astrònom aficionat sap que és urgent prendre una decisió. Li sembla increïble que el terrible succés no sigui conegut a hores d'ara, tret que els seus càlculs siguin erronis i no hi hagi res a témer. Però, fins i tot aleshores, el meteorit hauria d'estar identificat. Amb el seu nom passarà desapercebut. Amb el d'un sant, una mica menys. Amb el d'una sopa en conserva farà història. Això, sense saber si la raça humana sobreviurà a l'impacte comercial.

Enuig

Un dia em vaig enfadar amb mi mateix. Va ser a causa d'una ximpleria, com sol passar. Jo havia dit blanc quan en el fons pensava negre, així de fàcil. Allò no tenia més importància, però va anar pujant de to i al final vaig arribar a les mans. La gent que hi havia al meu voltant va haver de venir a separar-me. Quan va aparèixer la policia, se'm va preguntar si volia interposar una denúncia. Vaig pensar que hi havia motius per fer-ho, però un cop davant del jutge em vaig declarar innocent i alhora culpable, i això va complicar una mica les coses. El fiscal em volia acusar d'alteració de l'ordre públic, mentre que el meu advocat demanava danys i perjudicis. La veritat és que jo era el denunciant i el denunciat a l'ensems, així que vaig haver de sotmetre'm a dos interrogatoris de signe ben diferent. El veredicte estava en mans d'un jurat popular, alguns membres del qual van necessitar atenció psicològica. Al final, el jutge em va condemnar a quedar en llibertat. Em va semblar una sentència justa, encara que en el fons la penso recórrer.

Assassí

Potser per donar la raó a la dita segons la qual l'assassí sempre torna a l'escena del crim, vaig agafar un cop més l'ascensor des de la planta baixa fins al sisè pis. I encara que la dita en qüestió no té una base científica (hi ha qui pensa que el seu origen és, més aviat, a les novel·les de l'Agatha Christie) vaig complir al peu de la lletra amb el ritual que envolta aquest suposat costum. És a dir, assegurar-me que en el seu moment no s'havien comès errors apreciables, ni havien quedat empremtes que poguessin revelar l'autoria dels fets.

Vaig haver de repetir el procediment diverses vegades fins trobar qui havia pretès matar. Perquè, el dia del crim, la suposada víctima havia sobreviscut de manera miraculosa a l'intent d'assassinat. El que va passar va ser que un altre va morir en comptes del meu objectiu i aquest va suplantar la seva identitat.

Quan al final vaig coincidir amb ell, vaig aturar l'ascensor a la tercera planta i el vaig posar al corrent de tot. Ell també ho va fer, i així vaig saber que ell mateix m'havia contractat per escenificar la seva pròpia mort. També em va confessar que havia tornat diverses vegades al lloc dels fets fins trobar-me.

Va treure l'arma abans que li pogués preguntar si també llegia l'Agatha Christie.

El rastrejador

Potser no soc el millor rastrejador del món, però de feina no me'n falta. Em plouen els encàrrecs perquè m'avala un prestigi aconseguit amb rigor i professionalitat. Soc capaç de seguir les empremtes del meu objectiu a través d'una avinguda plena de trànsit, o bé si es mou per la ciutat amb metro, decideix entrar en un estadi a veure un concert, o es perd en una zona per a vianants. El meu olfacte el segueix a distància allà on vagi. La meva eficàcia està demostrada.

Però en la darrera missió vaig fallar de manera incomprensible i vaig deixar escapar el subjecte en qüestió. El meu client va quedar decebut i ara sé que van darrere meu. Fa poc, en canviar de carril a l'autopista, vaig veure com el cotxe del darrere feia el mateix. Potser no és l'únic a seguir-me: hi ha molta gent que es dedica a aquest negoci, encara que pocs estan a la meva alçada. Conec les seves tàctiques, els porto un cert avantatge.

Tot i així, m'he vist obligat a canviar els meus hàbits. No repeteixo mai el mateix trajecte dues vegades, em tallo el cabell en llocs diferents, m'he deixat créixer la barba, no agafo el telèfon, viatjo de manera constant i anònima. Sospito que no només em segueix gent del ram, sinó també drons o satèl·lits. I és que ara tot és diferent. Que lluny queden aquelles nits sense dormir, fent guàrdia assegut al meu cotxe, menjant fideus d'arròs sota una pluja persistent.

No obstant, malgrat la cura amb què em desplaço, a hores d'ara ja haurien d'haver-me trobat. Si l'encàrrec de seguir-me me l'haguessin fet a mi, ja hauria donat resultat. La pròpia in-competència dels meus perseguidors m'ha dut a prendre una decisió resolutiva: els trobaré abans que ells em trobin a mi. Em delataré perquè es posin al descobert. Perquè si hi ha una cosa pitjor que la sensació que tothom et mira és la certesa que ningú no sap que existeixes.

Simultaneïtat

—El retard de la cambra cuirassada és de deu minuts, —em diu l'empleada de caixa.

Jo l'estic apuntant amb una pistola i em tremola el pols en adonar-me que m'havia passat per alt aquest petit detall. Molt a prop, l'equip local empata a zero i també han de faltar uns deu minuts perquè acabi el partit. D'altra banda, aquest és el temps estimat perquè la policia faci acte de presència: algú ha fet sonar l'alarma antiatracament.

L'empleada de caixa no sembla espantada. És jove, però coneix el seu ofici i conserva la serenitat. Jo vaig trigar tres setmanes a preparar el cop. L'equip local s'estrena a la lliga provincial de futbol. Tot el poble deu estar pendent de l'encontre, potser també la policia.

Començo a sentir soroll a l'exterior de l'oficina, que a aquestes hores no hauria d'estar tancada. Només un miracle pot fer realitat el triomf de l'equip local, però els jugadors hi creuen. Sento sanglots a la cambra on he tancat els clients i la resta del personal. Potser l'empleada de caixa ha fet testament, malgrat la seva joventut. Al carrer sonen les sirenes de la policia.

Penal! Penal a favor de l'equip local! A l'últim minut. Sona el telèfon de l'oficina: ha de ser el mediador de la policia. L'empleada de caixa em demana permís per eixugar-se la suor. El públic conté la respiració. Jo trec el fiador de la meva arma automàtica.

Goool! Els jugadors s'abracen. La policia entra a l'oficina. L'empleada de caixa es desmaia. L'àrbitre xiula el final. Els aficionats aixequen els braços. Es dispara l'eufòria.

Jo hagués hagut de fer testament.

La bala

A la memòria d'Oscar Wilde

La bala va sortir a una velocitat de quatre-cents metres per segon, d'acord amb les especificacions. La van disparar des d'un revòlver calibre 38 i el tret va fer un soroll de mil dimonis. Des que la van fabricar a l'empresa d'armament, havia somiat amb aquest instant de plenitud, que donava sentit a la seva vida, tan breu com intensa: creuar l'espai com un llampec per fer blanc amb una precisió absoluta. Abans d'assolir el seu objectiu (una dona d'uns quaranta anys, esvelta, atractiva) faria a miques el mòbil que la senyora empunyava per trucar al seu marit, sense adonar-se que aquest estava just davant seu, apuntant-la amb l'arma. Ell l'havia seguit fins a l'hotel on ella havia tingut una trobada furtiva.

A l'autòpsia del cadàver, la bala seria extreta de les entranyes de la víctima i ficada en una bossa transparent, com a prova de l'acusació en un judici per homicidi en primer grau. Quedaria exposada a la vista de tothom. Potser fins i tot se'n parlaria als diaris. De com va ser prou per acabar amb la vida d'un ésser humà, sense que altres bales vinguessin a rematar la feina. Quin honor! Quin moment de glòria!

Però no, les coses no van passar d'aquesta manera. És veritat que la causa de tot plegat va ser un assumpte passional, però l'home es va disparar a sí mateix. Ho va fer de nit i sense testimonis, en un lloc desolat, després de buidar una ampolla de bourbon. Li va tremolar el pols en prémer el gallet, va errar el tret i la bala es va perdre a l'horitzó; en el més complet anonimat.

Poc després, aquell infeliç tornava a casa seva i, abans de ficar-se al llit al costat de la seva dona, va introduir al tambor del seu revòlver una altra bala carregada de somnis.

El maleït conte de la lletera

Va ser casualitat que el cap de la banda volgués atracar el banc on treballava la meva xicota. Feia poc que ella i jo sortíem, però ja m'havia presentat la família: els havia caigut bé. El pare, un important empresari de la ciutat, va deixar entreveure que si em casava amb sa filla podria entrar a formar part de la seva empresa. Per això, si la noia em reconeixia durant l'assalt, tot se n'aniria en orris.

Podia dir-li al cap de la banda que em trobava malament aquell dia i que em deixés quedar-me al cotxe, però no era segur que s'ho empassés. Podia intentar passar desapercebut, lluny de la caixa, però estaria nerviós i se'm notaria. També podia avisar la policia i frustrar el cop, a canvi de gaudir de total impunitat, però ningú no m'assegurava que no hi hagués conseqüències desagradables. Una altra opció era que la meva xicota s'absentés aquell matí en trobar-se malament. Sortiríem a sopar la nit abans, m'ocuparia d'intoxicar-la amb un verí inofensiu en petites dosis. Això semblava el més assenyat.

De manera que aquella nit vaig quedar amb la meva xicota. Però els seus pares van insistir a convidar-nos i vam sortir tots plegats. Quan la tensió se'm va fer insuportable, vaig trucar la policia per posar-la al corrent. L'endemà, però, el cap de la banda es va trobar malament i es va cancel·lar l'operació. Aleshores els agents van venir a fer-me preguntes i es va saber tot. El cap va saber allò nostre, la noia i el seu pare van saber allò meu.

I jo vaig saber que aquell maleït verí deixava a la boca un agre regust de llet.

Embús

Tots viatgem en el mirall del túnel,
al vidre fosc, amb una tomba al cap.
JOAN MARGARIT

Asseguren haver vist avui l'avi Daniel a l'embús de la B53. Semblava adormit, com tots els que venim ben d'hora de l'autopista del sud i enfilem aquesta artèria perifèrica per després vessar-nos per la ciutat, com si forméssim part d'un torrent sanguini. Entre les set i les deu del matí, hi ha congestió de trànsit des de l'enllaç amb l'AP10 fins al nus de la glorieta del nord. S'hi fan amics, en aquest tram. Sé de gent que s'ha enamorat a primera vista sense sortir del cotxe, fins i tot a l'hivern, amb les finestretes tancades.

L'avi Daniel va morir fa una setmana. Feia temps que estava malalt de lentitud, com ens passa a la gent gran. Els joves escolten música o somien desperts, sempre tenen el dipòsit ple i s'impacienten tocant el clàxon. Però la gent madura manté el motor al ralentí i sovint es desplaça en punt mort per estalviar energia.

Com que cada vegada hi ha més conductors al seguici, la cua s'atura massa sovint. Llavors, sense saber d'on surten, s'incorporen a la marxa vehicles conduïts per persones absents, que saben que no desentonen i se senten aquí com a casa seva. I és que als moderns traçats urbans i interurbans, fets de formigó i asfalt, també hi ha parterres amb plantes i flors, que fan més amable el trànsit etern de les ànimes al volant.

Objectes perduts

Estic a l'oficina d'objectes perduts de l'aeroport. No sé què hi faig aquí, no m'ho explico. M'hi han portat després que estigués una estona fent voltes a la cinta de recollida d'equipatges. Però jo no soc un equipatge, soc de carn i ossos. Intento explicar-li al mosso que s'encarrega del servei, però no ens entenem. M'ha donat un número de registre i m'ha dit que tingui paciència: de vegades els propietaris triguen a adonar-se de la pèrdua.

El lloc en si no és desagradable, encara que tots hi hem de jeure amuntegats com si fóssim un ramat. Hi ha certa companyonia i també una mica d'individualisme. Per exemple, una maleta de Louis Vuitton, que no es relaciona amb ningú (se sospita que transporta droga). O una espasa de samurai, que està convençuda que mai no sortirà d'aquí perquè el seu amo s'ha fet pacifista. Però, tret d'algunes excepcions, la majoria són bona gent. Fa poc van portar una bossa de pals de golf, la mar de divertits. S'hi passen l'estona parlant dels divuit forats del camp de St. Andrews. Un d'ells, un ferro 3, m'ha comentat que el seu amo va intentar colar-lo a la cabina del passatge com a equipatge de mà. Això m'ha fet pensar. Jo no recordo que ningú em facturés ni em fes passar com a equipatge de mà. Tot i això, soc aquí.

Tard o d'hora m'hauré d'adaptar a la meva nova situació. Al cap i a la fi, la vida és un trajecte de pèrdua. Un dia, de cop i volta, t'adones que ja no ets el que havies estat fins aleshores i estranyes el nou escenari, la nova relació amb l'entorn. Costa haver d'aprendre un nou llenguatge i sovint t'ho passes malament.

Però en el meu cas, encara hi ha alguna cosa pitjor: la por que un dia, sense avisar, algú em vingui a buscar.

Però qui va matar la donzella?

L'inspector encarregat del cas fa setmanes que visita el castell dels comtes. L'assassinat de la donzella de la senyora comtessa ha commocionat tothom. Ningú no s'explica com ha pogut passar. Era una noia d'una bellesa enlluernadora, d'una simpatia contagiosa. No tenia enemics, tot i que les seves qualitats despertaven certa enveja al seu voltant. Havia nascut no gaire lluny d'allí, i quan va entrar a treballar al servei de la senyora comtessa aquesta va començar a rebre visites que no dissimulaven la seva curiositat per veure en acció una serventa tan exemplar.

L'inspector no es cansa d'interrogar tothom que ha tingut contacte amb la víctima, per fer-se una idea de la seva atractiva personalitat. S'inventa excuses per tornar al dipòsit de cadàvers, a veure el cos de la noia, i demana que el deixin sol amb ella perquè hi ha detalls de l'autòpsia que no li acaben de quadrar. Té l'habitació de casa seva plena de fotos, no ja de l'escena del crim sinó de l'àlbum familiar de la difunta. Els seus superiors l'han cridat a l'ordre, perquè la seva dedicació exclusiva a aquest cas l'aparta d'altres que també mereixerien la seva atenció.

Però l'home està desbordat. Tot i admetre que el cas no es presenta complicat, s'adona que la seva intuïció inicial va canviant a mesura que passen els dies. Si al principi creia que ningú no tenia motius per matar la donzella, ara pensa que qualsevol pot ser l'assassí. Fins i tot ell mateix l'hauria mort, si n'hagués tingut l'ocasió. Perquè sospita que ell també s'hauria sentit rebutjat per ella.

Ikaros

Després de descavalcar el seu genet a l'últim obstacle de la cursa, el cavall Ikaros es llança en estampida cap a la línia d'arribada, que creua en solitari molt per davant del cavall que li ve al darrere. Davant d'aquest fet insòlit, el comitè organitzador del derbi es reuneix d'urgència amb el propòsit de desqualificar el guanyador i atorgar el trofeu al primer genet que ha creuat la meta a lloms de la seva muntura.

La decisió ha de ser unànime, però un membre del comitè inicia un agre debat en sostenir que un cavall capaç de vèncer, ell solet, una prova de tal envergadura mereix el respecte que li atorga la seva gesta, malgrat que hagi comptat amb l'avantatge de no suportar el pes del seu genet. Això provoca una discussió pujada de to que finalment obliga a prendre la decisió salomònica de suspendre la cursa i tornar a donar la sortida.

Les conseqüències no es fan esperar. Les taquilles de l'estadi s'omplen dels qui exigeixen cobrar el premi per la victòria d'Ikaros, i dels qui reclamen la devolució de les apostes per la suspensió de la cursa (s'havien jugat autèntiques fortunes). El tumult acaba en una batalla campal que fa intervenir les forces d'ordre públic. Alguns espectadors, intentant esquivar el setge, envaeixen el terreny de competició i fan el recorregut. Però com que el traçat és circular, quan arriben a la meta són conduïts directament als furgons policials.

Enmig de tot aquell despropòsit, Ikaros davalla circumspecte cap a les cavallerisses. Es rebolca a la palla del seu estable i no triga a quedar-se adormit. Aquesta nit tindrà un somni ben estrany: es veurà dalt d'un podi on li pengen la banda de campió, mentre la seva euga li xiuxiueja a l'orella: «Amor, això és només un petit pas per a un equí, però un gran salt en la lluita per la llibertat».

Supervivent

A la memòria de David Lynch

En pujar a l'avió, vaig tenir la sensació que alguna cosa no anava bé. No sabria concretar els meus temors. Potser vaig veure algú que portava un pla sinistre. Potser el modern reactor no estava en condicions. Potser, simplement, no era un bon dia per volar. De manera que vaig voler fugir d'allà per anar-me'n tan lluny com fos possible, i amb prou feines vaig escoltar l'hostessa parlar de les màscares d'oxigen i de com inflar l'armilla salvavides estirant una sivella o bufant directament, però mai no dins de l'avió. Quan el comandant va anunciar l'enlairament immediat, jo havia arribat al meu destí i desfeia el meu equipatge a l'habitació d'un còmode hotel a peu de platja.

Vaig sortir al balcó: feia un matí esplèndid. Em van venir ganes de baixar al bar a prendre una copa, però a causa de les turbulèn-cies no se servien begudes a bord. També vaig voler prendre un bany relaxant, però hi havia cua per entrar al servei d'homes. A la recepció de l'hotel havia coincidit amb una noia molt simpàtica i atractiva, que em va confessar que li feien pànic els avions. Jo, mirant de calmar-la, la vaig convidar a asseure's amb mi en un racó, mentre procurava dissimular la torbació de tenir-la tant a prop. Va ser amor a primera vista per part de tots dos.

Vam intimar. El seu nerviosisme em donava una excusa per agafar-li la mà. Ella, al seu torn, se'm va acostar fins gairebé recol-zar el cap a la meva espatlla perquè parléssim en veu baixa, sense molestar els altres. La veritat és que a aquelles hores no hi havia ningú al vestíbul de l'hotel, però les hostesses anaven i venien repartint begudes i entrepans, mentre una música de fons tancava un entorn perfecte per compartir confidències. I el senyal de fer servir el cinturó de seguretat s'havia apagat.

Llavors ens vam fer un petó. El motor de l'ala dreta es va incendiar i l'avió va patir una sacsejada que va fer caure del seu seient bona part del passatge. La noia i jo vam rodar per terra al costat d'una taula plena de revistes i diaris del dia. Envoltats de crits de pànic, vam fer l'amor com si ens hi juguéssim la vida. Però en estavellar-nos vam perdre el contacte i no he tornat a saber res d'ella.

Jo vaig estar de sort: a mi em va rescatar el servei d'habitacions.

L'accident

El descarrilament s'esdevé a pocs quilòmetres de l'estació on he agafat el tren de llarga distància. La locomotora se surt de la via per causes desconegudes i es precipita fora de control per un barranc al llit del qual discorre un riu cabalós. De seguida arrossega la resta de vagons cap a un final inapel·lable. Diuen que, en aquests moments propers al final, la memòria d'una persona discorre a gran velocitat en una revisió sumària dels esdeveniments rellevants de la seva vida. Però per a la meva sorpresa, passen davant meu un munt de multes d'aparcament, factures impagades, gestions burocràtiques davant l'Administració, aniversaris d'amics a qui no vaig felicitar, la lluita estèril per obtenir un ascens a la feina, etcètera. I les meves conquestes amoroses? I aquelles nits inoblidables de sexe i alcohol fins l'albada? Qui decideix què ha estat important per a mi? Com he de fer constar la meva disconformitat, pocs segons abans de morir aixafat per l'infortuni?

Tampoc no entenc com, a l'últim instant i malgrat la brutal sacsejada que gairebé acaba amb la meva vida, aconsegueixo obrir la porta del vagó i fer cap al riu, on també estic a punt de morir ofegat. Però aconsegueixo sobreviure a un accident tan dantesc i, de manera automàtica, la memòria recupera l'estabilitat. Llavors, una veu interna em xiuxiueja que, encara que no he tingut fins ara una vida massa rellevant, encara soc a temps de fer que valgui la pena.

Desfilada

La desfilada de moda ha acabat després del que estava previst i és tard per desmuntar l'escenari. S'han apagat els focus, però la llum nocturna del carrer s'escola a través d'una finestra còmplice i permet una penombra acollidora. És llavors quan l'enveja puja a la passarel·la amb el pas insegur i la mirada trista, conscient de tot el que anhela en va. La segueix la ira, disposada a venjar-se d'aquell qui gosi creuar-se en el seu camí. La gola, lluint la seva talla XXL, i de seguida la supèrbia, que es demora a consciència per donar temps que tothom pugui veure com n'és, de resplendent. L'avarícia, per la seva banda, exhibeix prepotència amb gestos explícits i reptadors, mentre que la luxúria proclama, sense cap mena de vergonya, la seva nuesa impúdica. Tanca el passi la mandra, fidel a una desgana essencial que alenteix el seu recorregut.

Aviat tindrà lloc una nova desfilada, a plena llum del dia i amb tot el glamur de càmeres i flaixos, per admirar l'esperança, la prudència, la fe, la justícia, la temprança, la caritat, la fortalesa. Com sempre, estarà a l'abast d'uns pocs afortunats que es creuran mereixedors d'aquest privilegi. La resta esperarà que es faci de nit i no quedi ningú i tot s'apagui de nou. Aleshores, com en un etern ajustament de comptes, amb la major impunitat sortiran a desfilar les passions més inconfessables

El taller

Em vaig apuntar a un taller per aprendre a pescar. Era un curs teòric i pràctic de sis hores de durada, dividides en tres sessions de dues hores cadascuna. La inscripció era gratuïta i no es requerien coneixements previs, tret de les ganes d'aprendre i la passió per la pesca. Als assistents se'ls proporcionaven els aparells bàsics: una canya, hams, la xarxa per recollir les captures, un cistell de vímet. Les places eren limitades.

El temari passava revista al que entenem per pescar. Perquè hi ha certa confusió sobre això. Tu vas tranquil·lament i de sobte trobes un lluç o una llagosta: això és tenir sort, serveix d'estímul. Però la veritable satisfacció s'aconsegueix a través del rigor i la constància. El bon pescador pesca fins i tot en somnis, encara que no empunyi la canya.

Abans de passar als exercicis, el monitor donava unes consignes basades en exemples de grans captures, dutes a terme per autèntics experts. Després concedia deu minuts perquè els alumnes busquessin la seva pròpia presa. Passat aquest temps, es feia una posada en comú del resultat.

Algun espavilat portava ja un peix que havia pescat amb antelació, però la gran majoria es deixava guiar pel seu instint i sortien coses curioses. Aleshores el monitor proposava acabar d'arrodonir el treball a casa per exposar-lo a la següent sessió.

Acabat el curs, vaig rebre un diploma acreditatiu i des de llavors surto a pescar amb relativa freqüència. M'adono que alguns dels consells rebuts m'ajuden a obtenir bons resultats. Però, amb el pas del temps, malgrat acumular experiència i per molt interès que hi posi, la diferència entre l'èxit i el fracàs sempre depèn de si piquen o no.

Pintada

Un dia, en sortir al carrer, vaig veure que algú havia pintat al mur de casa meva. Era una mena de caricatura obscena, dibuixada en colors vius, que representava un jove amb els pantalons abaixats, fent les seves necessitats davant d'una paret de maons. Sense entendre la gràcia ni el motiu d'aquella representació, vaig anar directament a posar una denúncia pel que jo considerava una clara violació de la propietat privada.

Mentre el tràmit seguia el seu curs, vaig saber que l'autor d'aquell disseny havia mort en circumstàncies estranyes. Llavors vaig optar per abandonar tota reclamació legal i tornar a pintar el meu mur perquè recuperés el color blanc original. Però, abans que pogués fer-ho, un periodista avesat va iniciar una campanya publicitària a favor del dibuix, la qualitat del qual, segons les seves paraules, el situava a l'alçada de les grans caricatures de no sé quina tendència transgressora que s'havia posat de moda.

L'enrenou que es va muntar va ser tan espectacular que un matí em van despertar els crits i els aplaudiments d'un grup de persones, que s'havien congregat al voltant d'aquella presumpta obra d'art. Des de la meva finestra els vaig veure fer fotos i comentar les virtuts del traçat pintat amb aerosol. Aquell mateix matí vaig rebre l'oferta d'un museu d'art modern, que volia comprar el tros de paret afectat pel dibuix en qüestió. L'oferta cobria amb escreix la reconstrucció del mur i encara em deixava un benefici gens menyspreable. De manera que vaig acceptar sense dir ni piu i vaig arribar a oblidar-me del tema.

Però avui, en complir-se un any de la mort de l'autor de la pintada, el meu mur ha tornat a aparèixer cobert de dibuixos al·lusius, cors travessats per fletxes i missatges del tipus «mai no t'oblidarem».

El tors

La policia va irrompre per sorpresa a l'exposició que estava destinada a ser la notícia de l'estiu. Un esdeveniment excepcional que agitaria la vida artística de la ciutat, darrerament en declivi davant la manca de nous talents o idees originals. El vell escultor, retirat de l'activitat que l'havia fet famós durant anys, tornava ara amb una proposta singular: un tors de dona d'estil neoclàssic, evocant els cànons del període hel·lenístic vigent entre els segles IV i I abans de Crist.

L'expectació causada per una notícia tan inesperada era un fenomen que els entesos no paraven d'analitzar. Perquè no era només la novetat de tornar a veure la feina d'un mestre consumat, després d'una absència tan dilatada: també hi havia una certa desconfiança, basada en proves irrefutables, que la seva salut mental l'hagués capacitat per emprendre una obra d'aquesta magnitud. Tothom relacionat amb l'art coneixia de sobres l'extravagància de l'autor, l'exagerat rigor que aplicava als seus mètodes de treball perquè el resultat final emulés els clàssics universals, sense importar el preu a pagar.

Però allà era ell, radiant en olor de multituds, al costat de l'obra de la seva vida: un marbre immaculat d'una bellesa inclassificable. I allà eren ells, els agents, que després d'identificar-lo i emmanillar-lo se'l van emportar detingut, davant la sorpresa dels presents, acusat d'assassinat. Al seu taller, prèviament degollat i mutilat, van trobar el cos de la jove que li havia servit de model.

Art

És l'hora de berenar. L'operari que treballa en les obres de remodelació del museu nacional es dirigeix a la sala on ha deixat la magdalena farcida de crema i el suc de fruites que ha comprat a la pastisseria. Fa una mossegada a la pasta i pren un glop del petit envàs de cartró. Però en aquest moment el truquen per telèfon: acaba de ser pare. Enmig d'una eufòria incontenible, surt corrents i deixa el seu refrigeri a la secció d'art contemporani. L'havia col·locat damunt una caixa tacada de pintura i (ves per on) li cau al damunt el llum d'un dels focus del sostre, que, sense proposar-s'ho, l'incorpora a la resta de peces en exposició. La veritat és que no desentona al costat de les escultures comestibles de Sonja Alhäeuser, els retrats vegetals de Giuseppe Arcimboldo o les creacions d'Ida Frosk en forma de canapès.

El dia de la inauguració de la nova temporada, el públic omple les galeries del museu i una munió d'espectadors passa davant d'aquell berenar encetat. Se senten comentaris en relació a la transitorietat de la matèria. Un dels visitants (un turista americà) proposa a la direcció del museu adquirir aquella «obra d'art» per cent mil dòlars. Aleshores algú s'adona que la peça no està enregistrada enlloc i se'n desconeix l'autor. De manera que l'operació es tanca sense entrebancs i el nou propietari, després de facturar el conjunt com a equipatge, se l'enduu cap a casa.

No triga gens a convocar els seus amics per ensenyar-los la seva original adquisició. Munta festes (amb més alcohol del compte, per tal d'evitar desmais) i encara fa negoci cedint el seu muntatge per a futures exhibicions. Un crític de molta anomenada parla del diàleg entre la perdurabilitat de la caixa i la caducitat dels aliments. I afegeix que l'aura de tendresa que desprèn la proposta, juntament amb la seva gosadia, dispara el valor conceptual d'una peça irrepetible.

A les portes d'una nova exposició, que ha de consolidar la projecció imparable d'aquella instal·lació singular (el valor de la qual ja s'ha multiplicat diverses vegades), un error de coordinació en el transport deixa la caixa i les menges enmig d'un passadís a les fosques, poc abans que el servei de neteja comenci el seu torn de nit.

L'endemà tot està net i polit.

L'honor

A causa de l'explosió d'una bomba a la batalla d'Isaszeg, que enfrontava les tropes de l'Imperi austríac contra forces rebels hongareses, el baró Erich von Ludden va volar pels aires, tan amunt que va penetrar al túnel del temps i va anar a parar a una base militar en territori desconegut, gairebé dos-cents anys més tard. Després del desconcert inicial, provocat per la turbulència del viatge, el baró va ser conscient que havia aterrat en un entorn castrense; de manera que va demanar entrevistar-se amb l'oficial en cap d'aquella instal·lació. A risc que l'enviessin directament al manicomi (per l'extravagància de la seva indumentària), va veure com el coronel de la base accedia a posar-lo al corrent dels recursos al seu abast, tal vegada commogut per l'entorxat singular d'aquell curiós personatge, l'aire marcial del qual li recordava els vells temps de l'acadèmia d'oficials.

Així va ser com el baró Von Ludden va saber que estava en una base de drons, preparats per eliminar a distància tant objectius militars com civils. Hi havia tropes desplegades al front, però la tàctica es basava en l'intercanvi de míssils, sense combats cos a cos. L'enemic es movia a l'ombra, presumptament amagat dins d'un hospital, una escola infantil, un centre d'acollida. Per aconseguir la victòria, calia no tenir la menor consideració als danys col·laterals.

El coronel en persona es va ocupar que el baró fos atès en un centre de salut mental, com a veterà de guerra. El va visitar amb freqüència i tots dos van jugar llargues partides d'escacs. No sempre guanyava el baró, però ell (si més no) mai no va perdre l'honor.

Duel

Els duelistes havien de caminar deu passes, girar en rodó, empunyar les armes, apuntar i obrir foc. El més hàbil pensava treure avantatge de tenir millor punteria, però va passar per alt que l'altre ni tan sols sabia comptar.

Medalles

Quan es va signar la pau entre els dos països llargament enfrontats en una guerra cruenta i devastadora, els habitants van conèixer una etapa de creixement que els va omplir d'esperança. Tot va tornar a ser normal, els exèrcits es van recloure a les seves casernes i es van centrar en el manteniment de la seva capacitat operativa. Però, amb el pas del temps, es va posar en evidència un detall singular: el nombre de medalles atorgades als soldats va patir un notable descens. Ja no hi havia motius per condecorar ningú per actes de valor. Ningú no posava en perill la seva vida per salvar la dels altres. I a les recepcions castrenses, l'ostentació d'insígnies que els veterans lluïen amb orgull contrastava amb el pit impol·lut dels oficials novells. De manera que es va començar a donar valor a altres qüestions que fessin la tropa mereixedora del guardó corresponent. S'imposaren medalles a la neutralitat, a la contenció, a la clemència. Hi va haver fins i tot un alferes que va ser condecorat per declarar-se en vaga de fam per intervenir en un problema veïnal. Per això, quan més endavant van tornar les hostilitats, els militars, instruïts per al cas, van intentar resoldre el conflicte de manera civilitzada.

Invasió

Van arribar de matinada i ningú no va advertir la seva presència. A aquelles hores tothom dormia, els carrers eren deserts, res no va trencar el silenci que cobria completament la petita localitat costanera. Hi havia un reforç de guàrdia a l'ambulatori i a la comissaria de policia, però no es van rebre trucades, no hi va haver urgències ni incidències de cap mena.

L'endemà al matí es van donar a conèixer. Van irrompre per sorpresa als carrers, a les places, als establiments de la vila. La gent va tornar corrent cap a casa seva, l'escola pública va suspendre les classes. Alguns veïns fins i tot van fer les maletes i van fugir per evitar mals majors. L'emergència va pujar de nivell quan es va saber que tota la zona entrava en conflicte i podia ser ocupada per forces hostils, les intencions de les quals encara estaven per determinar.

El caos va créixer com l'escuma, però una part de la població va conservar la calma disposada a resistir. A poc a poc i amb prudència, l'activitat laboral i comercial va reprendre el seu curs. Es van evitar els desplaçaments que no fossin imprescindibles. Es va prioritzar el subministrament d'aliments i medicines. Es tractava de capejar el temporal de la millor manera possible. Aquella situació havia de ser transitòria.

I ho va ser. Un dia, acabada la temporada estiuenca i sense necessitat d'acomiadar-se, tal com havien vingut, els turistes van abandonar la ciutat.

Circ

El pallasso compta amb el suport de bona part del públic a l'hora de presentar la seva candidatura política, que es perfila com la gran favorita a les properes eleccions. Competeix amb el mag, que té a favor seu una extraordinària habilitat per engalipar el respectable amb trucs que deixen bocabadat el més incrèdul. Tampoc cal oblidar-se de la domadora de lleons, que imposa respecte gràcies a l'autoritat amb què sufoca qualsevol intent de rebel·lió, encara que provingui de la fera més perillosa. Ni de l'equilibrista, que provoca l'admiració de tota la família quan executa figures impossibles sense que li tremoli el pols i sense necessitat de comptar amb una xarxa de seguretat. No tan convincent resulta l'home bala, a qui ningú no discuteix l'espectacularitat de la seva proposta, encara que la gent no és beneita i sap prou bé que el presumpte canó no és més que un ressort calibrat per empènyer-lo sense perill a una distància calculada. Fins i tot els més petits s'emporten un desengany quan veuen que la munició humana no explota després d'encertar en el blanc.

Tots els candidats aprofiten el seu torn dins l'espectacle per transmetre el seu programa de govern, ple d'avantatges de cara al futur. Tots tenen partidaris que els aclamen i detractors que els escridassen. I entre tots omplen diàriament la carpa virtual del circ d'un públic disposat a deixar-se seduir per totes aquestes posades en escena i a amagar la seva indiferència aplaudint d'esma al final de cada funció.

Blanques i negres

Per a David Vila i Ros

Després de fer escac i mat mitjançant una hàbil combinació de cavalls i alfils, les blanques no van executar el rei negre. Van pensar que aquesta tradició mil·lenària, arrelada als orígens del joc, havia de donar pas a una forma més civilitzada de mirar cap endavant, una vegada concloses les hostilitats. Va ser un gest per reconciliar-se amb les negres, delmades després d'una lluita sense treva.

Com és natural, la capacitat de les negres va quedar limitada després del conflicte. Tant la dama com el seu seguici van veure reduïda la seva hegemonia a tres caselles i les torres van ser desarmades. Les blanques van seguir ocupant el centre del tauler, com a mesura dissuasiva davant qualsevol intent de rebel·lió. Les peces restants van tornar a les seves posicions inicials per fer front a l'àrdua reconstrucció del país.

Però la dama negra es va veure superada per la situació. Ella era una peça molt valuosa als actes oficials i a les reunions socials, gràcies al seu domini del protocol. Però no estava preparada per governar. De manera que, seguint el consell del seu alfil (que al seu torn ho va rebre del cavall), va delegar les funcions executives en el peó de rei, qui no va dubtar a assumir-les.

Amb el temps, i en un altre gest de bona voluntat, hom va permetre a un peó negre coronar la fila vuitena del tauler. Així el rei negre va poder tornar del seu exili. Però, després d'agrair les mostres d'afecte rebudes, va optar per un enroc llarg per tal d'allunyar-se de la vida pública.

Per la seva banda, el peó de rei, conscient del camí per recórrer, es va proposar iniciar el procés cap a la normalitat democràtica. Sota el seu mandat, més peons negres coronaren la fila vuitena, però no per recuperar polítics o membres de la reialesa, sinó perquè tornessin altres peons, amb els quals formar un teixit social sensible i mentalitzat, disposat a canviar les coses, recuperar el passat i (aplegant els esforços necessaris) fer de la república una realitat.

El refugi

Les persones més poderoses de la Terra van entrar al refugi atòmic. Hi havien arribat en els seus respectius *jets* privats quan l'alerta per desastre nuclear va desfermar el caos i el pànic es va apoderar dels carrers i la gent va sortir en estampida a buscar la manera de fugir del desastre imminent. De seguida es van formar embussos a les principals vies de sortida de les ciutats; hi va haver pillatge, desordres, la lluita a mort per la supervivència. Però el refugi era segur.

El lloc estava equipat amb tots els avenços tècnics per fer possible una quotidianitat agradable i sense ensurts. No faltava res al rebost, les estances havien estat decorades amb totes les comoditats i el luxe predominava per tot arreu, d'acord amb la categoria dels hostes, que amb prou feines notarien la diferència entre els seus nous allotjaments i els respectius palaus d'origen.

Des del moment que es va tancar la porta blindada d'accés, la resta del món va desaparèixer per a aquell selecte grup d'afortunats. Tot va seguir com si res no hagués canviat, fins i tot van guanyar en qualitat de vida, gràcies a la puresa de l'aire i a la total absència de tensions provocades per conflictes de caràcter nacional i internacional. No debades, les nacions haurien desaparegut, així com les banderes, la política, els negocis, la inestabilitat del clima, les guerres. Allò era la pau en estat pur.

Al cap d'un temps, mitjançant un sistema d'escolta sofisticat, es va establir contacte a distància amb l'exterior, per tal d'avaluar el rastre de vida al planeta i el nivell de contaminació després de l'hecatombe. De manera sorprenent, les lectures eren normals; fins i tot es van captar converses en què els presumptes supervivents parlaven i reien amb tota normalitat. Semblaven contents: per ser exactes, més contents que mai.

Va ser llavors quan aquella colla de privilegiats, tancats dins d'una cambra inexpugnable, es van adonar que la humanitat, finalment, se'ls havia tret de sobre.

Les receptes de Chen Li

Cap a finals del segle XIX, la presó xinesa de Fusan, situada al nord de la província de Qingai, es va fer famosa per un seguit de circumstàncies que van cridar l'atenció de les autoritats locals. El lloc estava ple de presos conflictius, molts d'ells amb delictes de sang i un llarg historial d'altercats i intents de fugida. Els motins sovintejaven com la cosa més natural, provocats per qüestions de salut pública, manca de seguretat o per la simple rivalitat entre els reclusos. L'últim s'havia saldat amb una desena de morts, entre els quals el cap de cuina de l'establiment.

Després de no pocs intents de trobar un substitut al capdavant dels fogons, es va contractar Chen Li, una noia que fins aleshores havia ajudat el seu pare en un negoci familiar de menjars casolans. Les reticències dels qui dubtaven d'aquesta elecció es van esvair després de comprovar la ràpida acceptació dels seus primers guisats. També es va fer evident, de bon començament, que l'exòtica bellesa de la senyoreta Li no passaria desapercebuda, i que no calia descartar que provoqués nous incidents.

Però, contra tot pronòstic, aquell col·lectiu de delinqüents salvatges, procliu a la disbauxa, es va convertir en un ramat que acudia submís a degustar les exquisideses que preparava la jove cuinera. Això es traduïa en una conducta exemplar, que alhora desembocava en una reducció de condemnes per bon comportament.

Tanmateix, en recuperar la llibertat, molts d'aquells individus, trobant a faltar la bona teca que havien deixat enrere, reincidien amb l'esperança de tornar a estar entre reixes per recuperar la gana. Així, de manera paradoxal, el recinte penitenciari va arribar a ser l'enclavament més segur i civilitzat en una zona que, en escampar-se el rumor del que es cuinava entre aquelles quatre parets, va veure créixer la inseguretat als carrers, amb delictes que van superar amb escreix totes les expectatives.

Per aquest motiu, la presó xinesa de Fusan va ser, durant molt de temps, el lloc més visitat de la vasta província de Qingai.

Valga'm Déu!

La sort estava cantada i el reu seria crucificat en qüestió d'hores. Els esdeveniments havien desembocat en una situació dramàtica, irreversible, però que amb prou feines afectava un petit grup de familiars i amics. Era un problema d'ordre públic; un més dels que, de manera habitual, alteraven la (ja prou conflictiva) convivència dels vilatans amb l'autoritat competent. D'altra banda, l'execució es duria a terme sense més contratemps.

Res no feia preveure que aquell succés local tindria conseqüències; que seria el començament d'un corrent espiritual transgressor, portador d'un missatge transcendental, que aniria guanyant adeptes a mesura que es coneguessin detalls de la vida i miracles del personatge; que, després d'una llarga i sagnant etapa d'obscurantisme i persecució, difondria els seus preceptes més enllà de les fronteres conegudes; que s'instal·laria en el poder i acabaria arrossegant multituds enfervorides, disposades a lliurar la pròpia vida i prendre la dels altres, en funció d'una creença religiosa; que imposaria les efemèrides del calendari i dictaria normes sobre usos, costums i tradicions de la comunitat; que donaria sentit a la vida a canvi de renunciar a buscar-ne enlloc més; que aplegaria un patrimoni immobiliari colossal i una estructura jeràrquica autoritzada a prendre possessió d'un nombre considerable de palaus sumptuosos i obres d'art universals; que monopolitzaria la definició del bé i del mal, i aplicaria jurisprudència sobre els actes de l'ésser humà, enviant els innocents al cel i els culpables a l'infern; que lideraria l'organització i distribució d'ajuda humanitària a tot arreu, omplint d'esperança a milions de persones afectades per qualsevol infortuni; que no només revelaria l'origen de la vida a la Terra, sinó també el que ens espera després de la mort.

En honor a la veritat, qui dimonis s'havia d'imaginar que allò arribaria tan lluny?

Any 594

En una solemne cerimònia, que va comptar amb la presència d'alts representants de la cúpula celestial i de l'avern, es van posar en funcionament els set cercles previstos per sancionar els diferents tipus de pecats capitals. S'atenia així l'alta demanda de les ànimes que, després de deixar aquest món, havien denunciat diverses vegades la injustícia de ser condemnades per tota l'eternitat per assumptes puntuals de caràcter menor que podien redimir-se a força de penediment. A partir d'ara, la demora dels usuaris a les noves instal·lacions podria comportar pena de dany (privació temporal d'entrar en contacte amb la divinitat) o pena de sentit (el turment del foc). Això permetria agilitzar les gestions per canalitzar de manera adequada el trànsit a la destinació final.

Als segles posteriors, figures rellevants de la jerarquia eclesiàstica van matisar que no es tractava d'una prolongació de la situació terrenal després de la mort, sinó d'un camí cap a la plenitud a través d'una purificació completa. També es va establir que no seria un lloc de l'espai, de l'univers, sinó un foc interior que purifica l'ànima del pecat.

Precisament, avui dia el debat gira al voltant de la qüestió del foc. Es qüestiona no només el foc temporal que pateixen les ànimes en pena, sinó també el foc etern a l'infern. Perquè les flames poden cremar la carn, però no l'esperit. Tot i això, ningú no posa en dubte, a hores d'ara, la inefable utilitat del purgatori.

Homer re-visitat

El profeta Tirèsies li havia parlat del suggestiu i perillós cant de les sirenes. De com les melodies que emetien aquells éssers d'aparença femenina, amb la meitat inferior del seu cos en forma de peix, solien arrossegar tripulacions senceres cap a un desenllaç fatal, si aquestes gosaven escoltar el seu atractiu reclam. Per la seva banda, la deessa Circe havia instruït el llegendari marí en l'art de sortir airós d'aquell singular desafiament: calia tapar amb cera les orelles i així poder ignorar els cants malèfics.

Ulisses ho tenia molt clar: sota cap concepte podia perdre la concentració en favor d'unes veus tan dolces com entabanadores. Per això, temorós que algun dels seus companys sucumbís a la temptació i es desprengués de la protecció auricular, va decidir emprar ell mateix aquest recurs i deixar que la tripulació remés lliurement, sabent que el capità estaria sempre al comandament.

Poc després d'iniciar la singladura, Ulisses, amarrat amb cordes al timó i sord com una tàpia, va començar a notar que els remers perdien el control i el compàs de la vogada. Tan aviat els de la dreta remaven més fort que els de l'esquerra com aquests prenien la iniciativa i entre tots exposaven la nau a fer-se a miques en xocar contra les roques. Aleshores calia agafar el timó amb determinació i compensar els continus vaivens per no perdre el rumb.

Quan va passar el perill, els mariners, exhausts, estaven des-concertats. Asseguraven haver escoltat Penélope xiuxiuejant frases lascives i convidant-los a una orgia sense límits. Ulisses va trigar setmanes a convèncer-los que aquells cants no anaven per ells. I deu anys a comprovar que anaven només per ell.

Rebaixes

Eren les nou del matí quan en Moisès, tot fugint de l'atac imminent de les tropes del faraó (que amenaçaven la supervivència del seu poble) va alçar el seu bastó per separar les aigües agitades del mar Roig. Amb aquest tret de sortida, una munió enfervorida va envair (de dalt a baix) les dependències del centre comercial, arrasant per defecte tot allò que trobava al seu pas. La marabunta es va repartir per la secció de dones, la d'homes, la d'infants, la d'esports i la d'objectes decoratius i per a la llar. Així fins a ocupar totes les plantes de l'edifici. Tothom semblava feliç i afortunat perquè els soldats havien mort ofegats per la crescuda de les aigües i no els empaitarien mai més. A més, l'eufòria dels descomptes col·lapsava els vagons del metro en hora punta i omplia a vessar les andanes i les escales mecàniques, per la febre d'emprovar-se articles de primera mà, rebaixats de preu. No obstant, enmig de tot aquell desgavell d'empentes i corredisses, ningú no es va adonar que no hi havia prou bots salvavides i ja s'acostava l'hora de tancar l'establiment. Per causa d'això, malgrat les crides dels venedors demanant que la gent passés per caixa en ordre de cua, l'enorme transatlàntic es va acabar enfonsant després de batre tots els rècords de recaptació, arrossegant clients i bosses plenes de saldos sense que ningú, ni tan sols en Noè, es veiés en cor de salvar tants animals.

Agraeixo al meu amic Ricard Mateu la seva lectura personal dels relats d'aquest llibre, traduïda en una sèrie de dibuixos plens de sensibilitat. També dono les gràcies a la Carla Pi, amiga i companya de lletres, pel seu valuós assessorament lingüístic.

Aquesta edició bilingüe és una invitació a prendre en consideració la relació entre dues de les llengües de l'Estat Espanyol, les seves similituds i diferències, la seva sonoritat particular. A la bona convivència s'hi arriba a través del coneixement i del respecte mutu. I si és veritat que n'hi ha prou amb una sola llengua per entendre'ns, acceptar la pluralitat és un signe de civilització. I de cultura.

HUMOR PROPIO

Microrrelatos de Pere Herrero
Texto bilingüe

ExLibric

PERE HERRERO

HUMOR PROPIO

Microrrelatos de Pere Herrero
Texto bilingüe

EXLIBRIC

ANTEQUERA 2025

HUMOR PROPIO
© Pere Herrero
© de las fotos de las solapas: Pere Herrero
© de las ilustraciones interiores y de portada: Ricard Mateu i Pellejero
Diseño de portada: Dpto. de Diseño Gráfico Exlibric

Iª edición

© ExLibric, 2025.

Editado por: ExLibric
c/ Cueva de Viera, 2, Local 3
Centro Negocios CADI
29200 Antequera (Málaga)
Teléfono: 952 70 60 04
Fax: 952 84 55 03
Correo electrónico: exlibric@exlibric.com
Internet: www.exlibric.com

ISBN: 979-13-88079-05-4
Depósito Legal: MA 1800-2025

Impresión: PODiPrint
Impreso en Andalucía – España

Nota de la editorial: ExLibric pertenece a Innovación y Cualificación S. L.

PERE HERRERO

HUMOR PROPIO

Microrrelatos de Pere Herrero
Texto bilingüe

—*¡Mirad, una señal!*
—*¡No, es un zapato!*

MONTY PYTHON
La vida de Brian

Índice

Prólogo

Hay quien va por la vida con el corazón en la boca y otros con el chiste entre los dientes. Tú, en cambio, has encontrado la manera de hacer las dos cosas a la vez. *Humor propio* es un libro que no busca gustar, sino acertar. Y acierta. En el costado, en la risa floja, en ese lugar donde se te clava la ironía cuando no estás mirando.

Aquí no hay tramas épicas ni giros de guion, pero sí una verdad: la que se dice sin miedo a parecer frágil ni lista ni simpática, porque ya lo es todo a la vez. Escribes como quien le habla a alguien que conoce bien, aunque ese alguien sea el lector anónimo que acaba de entrar por casualidad y ya no se puede ir. Porque hay algo en este texto —en su forma de reírse sin despegarse de la herida— que suena a confesión dicha con una copa en la mano y la noche encima.

Los textos son breves, como los pensamientos cuando no quieres decir mucho, pero no puedes callarte. A veces te ríes, otras sonríes y en las mejores te quedas quieto, con la sensación de que alguien ha dicho lo que tú no sabías que pensabas. Y eso, que parece poco, es casi todo.

Humor propio no es un libro gracioso. Es un libro con gracia. Y también con esa otra cosa que viene después, cuando la carcajada se apaga y queda el fondo de verdad, que a veces deja un eco difícil de ignorar.

Carlos Torres
Director editorial de ExLibric

Arranque

Me habían hablado de la vida después de la muerte, ya sabía yo algo de este tema. Que no morimos del todo, que el cuerpo se va, pero queda el recuerdo en los seres queridos, de manera que seguimos presentes en un plano virtual. Incluso en la mente de alguien ajeno al que, por motivos inciertos, se le ocurra evocarnos. Por eso, en principio, no me extrañé cuando, a poco de abandonar el mundo de los vivos, aparecí en la memoria de mi mujer, cuando trataba de poner en marcha el coche en una gélida mañana de marzo. Aunque me habría gustado preguntarle qué tenía que ver mi recuerdo con un problema de arranque, considerando que era siempre yo quien conducía. También hice acto de presencia (de manera indirecta) en el sueño erótico de un vendedor de seguros. Aquello aumentó mi perplejidad y pensé que no tenía sentido. Pero el colmo fue comprobar que el enlace entre ambas evocaciones era una habitación de hotel en la que, al parecer, el vendedor aguardaba a una dama para una cita que no llegó a consumarse. En medio de la turbación, entendí que mi recuerdo no siempre sería agradable. En fin, solo lamento no haber llegado a tiempo de decirle a mi esposa que (en el arranque) no hace falta pisar el acelerador.

Amor a crédito

Yo había entrado en el banco a pedir un préstamo para comprarme un Skoda. Pero aquel empleado podría haberme vendido cualquier cosa con solo mirarme a los ojos. Sentí que los suyos me atravesaban, al tiempo que sus labios me atraían hacia él como queriendo que nos fundiéramos en un beso apasionado. No me enteré apenas de lo que estaba diciendo: algo relativo a treinta y seis cuotas fijas, pagaderas a final de mes, con dos de carencia y posibilidad de amortización total o parcial sin recargo. Todo me daba igual y me alargué hasta el infinito con preguntas inoportunas con tal de permanecer allá sentada y darle opción a que cambiara su mensaje. Cuando al final lo cambió, me propuso que formalizáramos nuestra relación. Por poco me desmayo de la emoción. Él debió de notarlo, ya que sonrió de manera discreta mientras yo seguía hablando por los codos, desgranando todos mis sueños como si fuera una colegiala, si bien me dio la impresión de que ahora era él quien no se enteraba de nada. Al final alargué mi mano para que la tomara. Él alargó la suya, me dio un bolígrafo y me indicó dónde debía firmar.

El beso

Y en el jardín frondoso de sus papás
hoy hay un príncipe menos y una rana más.
JOAN MANEL SERRAT

Las continuas broncas con su anciano padre le amargan la vida al joven príncipe. El reino está en crisis y es imperativo que la monarquía siga siendo el bastión que garantice el futuro de la comunidad. Para ello, el heredero al trono tiene que encontrar a una mujer, cortejarla, casarse cuanto antes y seguir proyectando la imagen de estabilidad que tanto se requiere. Pero Su Alteza no está por la labor y pasa las horas cazando y pescando en los pantanos próximos a palacio.

Es allí donde me encuentra, agazapada en unos juncos. Al instante se enamora de la sensualidad latente bajo mi tacto viscoso. Me toma en sus manos y me lleva a su aposento para que (de espaldas a la vida de la corte) vivamos juntos y en secreto nuestro idilio apasionado. Pero una sirvienta indiscreta se apresura a delatarnos y el rey, ciego de cólera, condena a su propio hijo por practicar la zoofilia y ordena mi ejecución inmediata.

De puro milagro podemos huir y salir indemnes. Una vez a salvo, gozamos de nuestro amor a manos llenas en una cabaña solitaria, perdida en medio del bosque, hasta que una mala digestión acaba con mi vida. Con el corazón destrozado por el dolor, mi enamorado se dispone a enterrarme en el jardín que hay frente a la casa. Y es entonces cuando a aquel desgraciado se le ocurre darme un beso.

Multiverso

Un día recibí una carta dirigida a mí, que yo mismo había escrito, al parecer, desde un universo alternativo situado más allá de las estrellas. De entrada me pareció una idea absurda, del todo inverosímil, pero lo cierto es que su contenido aportaba detalles significativos que descartaban que se tratara de un engaño. La carta dejaba entrever que la vida que vivimos aquí y ahora no es única, sino que cada decisión que tomamos en un sentido abre un camino en sentido contrario, que subsiste en un entorno diferente. Por ejemplo, la vecina del cuarto primera, que nunca me saluda cuando la encuentro en el rellano de la escalera, en una vida paralela se había enamorado de mí y manteníamos los dos una relación apasionada. Así me enteré de aspectos de su intimidad (como si le gustaban los días de lluvia o si pensaba que la tortilla de patatas debe llevar cebolla) que con el paso del tiempo me ayudaron a romper el hielo y llegar a conquistarla. Cuando lo conseguí, recibí una carta en la que mi otro yo se quejaba de que la relación con esa mujer empezaba a hacer aguas. Yo me apresuré a contestar aconsejándome olvidarla y buscar nuevos alicientes de tipo sentimental. Al cabo de poco recibí respuesta, en el sentido de que todo se había ido al carajo y aquella mujer ya era historia. Lo sé de sobra porque en este universo vivimos los dos la mar de felices. Tanto es así que he decidido no volver a admitir esta clase de correos, alegando domicilio desconocido.

Virus

Me llamaron a medianoche del centro médico para que acudiera a la mayor brevedad. En el proceso de regeneración celular y actualización de memoria, por error, habían introducido en mi cerebro recuerdos que no me pertenecían y urgía, por tanto, su extracción inmediata. Más que la incomodidad de vestirme y salir de casa a horas intempestivas, me inquietó ser portador de vivencias ajenas que podían dejar en mi memoria un rastro incómodo o desestabilizador. De camino al hospital, me sometí a un chequeo básico. Recordé mi infancia, los juegos en el patio, los amigos del colegio, los primeros amores, mi trabajo. No vi en principio nada extraño. Sabía el nombre de mi mujer, la contraseña del móvil, mi número de cuenta corriente. Incluso recordé aquella aventura de adulto que a punto estuvo de arruinar mi matrimonio. ¿Qué me había llevado yo tras la última actualización?

De regreso a mi hogar, mi familia me esperaba en el salón. Iban en pijama y habían encendido la chimenea. Era evidente que estaban ansiosos por saber cómo fue mi reconocimiento. Quise tranquilizarlos: no había de qué preocuparse, todo seguía como de costumbre. Pero a partir de entonces me sentí cuestionado ante cualquier alteración de la rutina cotidiana. «¿Ahora te gusta el café sin azúcar?». «¿Ya no miras el telenoticias?». «¿Cómo es que te vas a dormir tan temprano?».

Para eliminar cualquier tipo de sospecha, mi mujer y yo decidimos volver a casarnos, aprovechando nuestro siguiente aniversario de boda. Lo hicimos para renovar nuestros votos de amor y fidelidad. También nos regalamos una segunda luna de miel, de la que volvimos más enamorados que nunca. Tanto que, de común acuerdo, renunciamos a querer saber el motivo.

Amantes de ascensor

Después de que coincidiéramos por primera vez en la planta baja del edificio de oficinas, supe que la quería. No nos habían presentado, yo no sabía nada de ella. El trayecto en común duraba hasta la planta 35, donde la chica tenía su lugar de trabajo (yo llegaba hasta la 40). Di gracias porque no fuera al revés, ya que verla salir del ascensor era como si me diera la espalda para marchar después de haber pasado la noche conmigo. Hasta que volvían a cerrarse las puertas, quedaba boquiabierto saboreando la magia que desprendía su cuerpo en movimiento. En trayectos sucesivos ensayé diversas tretas para acercarme de manera discreta, oler su perfume, proponer un tema de conversación, especular con un roce inesperado. Nunca osé hacer realidad mis fantasías. Pero el día de la huelga subimos solos, ella y yo, y al bajar nos molieron a palos por esquiroles. Morimos juntos, abrazados, como dos amantes.

Ingrid

Decir que me llamo Ingrid es un eufemismo, ya que carezco de presencia física. Soy la inteligencia artificial que gestiona el dominio de mi amo y señor. Él se dirige a mí con ese nombre y yo le respondo, o bien ejecuto aquello que me ordena. Cuando mis sensores detectan que se despierta por la mañana, enciendo la calefacción y conecto el televisor para que vea las noticias antes de levantarse de la cama. Al entrar en el cuarto de baño, ya tiene caliente el agua de la ducha y en la cocina el robot le prepara el desayuno siguiendo mis instrucciones. Desde el trabajo, me encarga la comida y la tiene a punto al llegar a casa (también me ocupo de la compra en el supermercado, una vez evaluadas nuestras existencias). Si llaman a la puerta, le digo si es el cartero o alguien desconocido, y en este caso le informo de si infunde sospechas y le pregunto si me autoriza a llamar a la policía.

Si sus padres levantaran la cabeza, quedarían maravillados ante la comodidad que supone contar con mi asistencia. Y esa misma impresión se llevan las visitas que recibe. Sus conquistas quedan seducidas por mi efectividad. Una vez, una de ellas quiso darme una orden directa: mi amo le hizo ver que yo solo reacciono a su tono de voz. Otra le trajo una botella de singani, importada de Bolivia: mi señor tiene prohibida la ingesta de alcohol por orden del médico, de manera que el robot se negó a descorcharla al no recibir mi autorización.

Algunas chicas se sienten incómodas y acaban alejándose con un suspiro de resignación. La última lo llamó ayer por teléfono, pero yo silencié la llamada. Luego vino a verle y no sonó el timbre de la puerta. A ver si con ello se da por vencida. A él también le gusta mucho, eso es evidente, pero yo creo sinceramente que no le conviene. Por su bien, espero que se dé cuenta.

Muerte de un viajante

El hombre que sale hoy de su casa en Vallirana, temprano por la mañana, y enfila la N-340 en dirección sur perderá la vida en una curva donde ha habido tantos accidentes que los vecinos han cortado la carretera más de una vez para pedir que se libere el peaje de la autopista y los camiones dejen de circular por este tramo, donde hay un par de restaurantes cuyos dueños, como es natural, no se suman a las protestas porque buena parte de su negocio lo traen los camioneros, que arrastran a otros conductores que hacen este mismo recorrido; y es que un restaurante a pie de carretera con el aparcamiento lleno de camiones es señal de que sirven buena manduca, aunque este tipo de locales no suelen salir en la guía Michelin, la cual, como es sabido, era antes una guía de carreteras, en aquellos (lejanos) tiempos en que los viajeros llevaban un mapa del RACC en la guantera, y no como ahora, que, con una disciplinada resignación, se someten a las indicaciones de una voz metálica, carente de empatía, que dice por dónde debes ir y que nunca se cansa de recalcular el trazado tantas veces como sea necesario, como si tus errores no tuvieran la menor importancia, y tú piensas que ojalá tuvieras la misma paciencia con la gente de tu entorno, empezando por el cabrón de tu jefe, que te obliga a ir a ver a un cliente por una gestión que podrías resolver por teléfono, o tu mujer (pobrecita), que quiere que en la cama la hagas sentir como una reina, y tú le dices que no, que te sabe muy mal, pero esta noche estás cansado, y mañana tienes que levantarte temprano y coger el coche para ir a Torredembarra.

El último autobús

El reencuentro de los viejos amantes, en la sala de espera del servicio de nefrología, pasa desapercibido incluso para ellos mismos. El local está lleno de gente que espera su turno de visita en silencio y con cara de resignación. La mujer tiene la mirada perdida y el hombre ha venido a sentarse a su lado, sosteniendo en una mano el recipiente con la primera micción del día. En esa misma posición (el uno junto al otro) se conocieron, siendo muy jóvenes, la tarde que él (vete a saber por qué) dejó escapar su autobús de regreso a casa para estar un rato más haciendo compañía a la niña cuyo nombre suena ahora a través del altavoz de la consulta. Ella se levanta y empuja el andador de ruedas con esfuerzo mientras el hombre de pronto cae en la cuenta de haber recuperado de golpe los mejores años de su vida. Entonces se levanta también, se deshace torpemente de la orina en el servicio de caballeros (donde aprovecha para peinarse y componer un poco su indumentaria) y regresa al mismo asiento para esperarla. No se inmuta al escuchar su propio nombre hasta tres veces de labios de la enfermera. Va a quedarse allí, plantado como una estatua, sin saber muy bien qué dirá o qué hará cuando su amor aparezca de nuevo, pase junto a él y mire de soslayo a aquel señor mayor de aspecto enfermizo, aquel amable caballero que le dedica una sonrisa, aquel tímido adolescente que estuvo todo el tiempo sin atreverse a molestarla, hasta que ella quiso dar el primer paso.

Noche de bodas

Al entrar en la habitación del hotel, he cogido a mi mujer en brazos, como manda la tradición. Acabamos de casarnos. Ella me ha sonreído, yo la he abrazado, los dos nos hemos besado. Dejamos atrás un día agotador: la ceremonia, el convite, las bromas, los juegos, la discoteca. Hemos bebido más de la cuenta y no estamos acostumbrados. Nuestros amigos confían en que ahora haremos lo que se espera de nosotros, pero me temo que caeremos encima de la cama como una pared de ladrillos.

Todo ha ido demasiado deprisa. Uno vive tranquilamente en su nube y de pronto empieza a llover. Casarse puede ser desconcertante y vivir juntos, un desafío; sobre todo en los tiempos que corren. Nos ha costado mucho encontrar un lugar para vivir. Al final hemos alquilado un pequeño apartamento no muy lejos del centro de la ciudad. Habrá que organizarse para los desplazamientos.

Mañana salimos de viaje de novios a Tailandia. Confieso que a mí no se me ha perdido nada en un país donde la gente come insectos y bebe Fanta de color rojo, pero es el sueño de mi esposa y me toca complacerla. Imagino que, de ahora en adelante, me tocará complacerla a menudo: es una de las prerrogativas de la vida en común. Hoy, después de comer, he sido consciente de que fumaba mi último cigarrillo.

Me doy cuenta de que la noche de bodas es una encrucijada a la que uno llega cuando decide compartir su vida. Es un antes y un después. Mañana no me despertaré solo en mi cama, y lo mismo ocurrirá a partir de ahora. Habrá más muebles en casa, más cosas por hacer, más decisiones que tomar. El futuro es una incógnita, un misterio lleno de retos. El más ambicioso, sin duda, empezar a amar a una mujer a la que (en un sentido estricto) conocí el día que vino a verme para decirme que la había dejado embarazada.

La lejanía

Nadie sabe cuándo desapareció el horizonte, los historiadores no se ponen de acuerdo. Hay quien piensa que empezó a desdibujarse hacia finales del siglo XXI, tras décadas en las que el ser humano tuvo todo cuanto precisaba en la pantalla del móvil. Sin que nos diéramos cuenta, la sociedad se volvió cabizbaja y la lejanía dejó de ser importante, al tiempo que se calcificaban las vértebras del cuello para adaptarse al nuevo campo visual. La información sobre montañas y valles, sobre ríos y desiertos, fue desapareciendo de los libros de geografía, porque nadie se interesaba por el paisaje, pero siguió accesible de manera digital. Dejó de haber motivos para mirar al cielo por si empezaba a llover, porque las notificaciones alertaban de esta posibilidad con suficiente antelación. La prensa escrita quedó obsoleta, ni siquiera emitían las cadenas de televisión. Se vaciaron los escaparates de las tiendas después de que la gente pasara por delante sin prestar atención, porque las ofertas comerciales iban incluidas en la política de *cookies*. También desaparecieron los semáforos: los coches inteligentes se detenían a intervalos regulares y el móvil avisaba a los transeúntes para poder cruzar la calle sin peligro.

Mis padres se conocieron en una *app* y se enamoraron por WhatsApp. Pero mi abuelo me explicaba que (al menos él), de joven, llegó a tiempo de ver acercarse a la mujer de su vida.

Escudella

Mamá estaba sirviendo la escudella cuando mi hermana pequeña entró en el comedor, gritando que el famoso delincuente que salía en todos los noticiarios se había escondido en nuestro balcón. De inmediato, nos lanzamos al pasillo armados con los cubiertos de la cena, sin pensar que papá iba en pijama, mamá con los rulos puestos y la abuela procurando no perder su dentadura. A mí se me ocurrió abrir la ventana del patio de luces y alertar al vecindario. Enseguida oímos pasos en el piso de arriba y movimiento en la escalera. Por un instante, fuimos conscientes del auténtico peligro que corríamos. Si aquel malhechor, que ya había matado a un montón de gente, se colaba en nuestro hogar, no viviríamos para contarlo. Aunque si podíamos resistir hasta que llegaran refuerzos seríamos los héroes del barrio. Pero antes de que soñáramos con salir en la tele concediendo entrevistas en exclusiva la portera llamó para decir que el famoso delincuente ya había sido capturado no muy lejos de allí.

Con evidente disgusto, cerramos bien el balcón para evitar que (quienquiera que hubiese) entrara en casa y volvimos al comedor para seguir cenando.

La prenda

Mi marido me invitó a cenar por nuestro aniversario de boda. Me llevó a un restaurante a pie de playa, donde nos sirvieron un banquete en el que no faltó de nada, porque así era nuestra vida conyugal: perfecta, sin fisuras. Pero cuando nos trajeron la cuenta el pobre descubrió que no llevaba dinero encima. Y, como yo iba de invitada, tampoco pensé en coger el monedero. Entonces le dijo al dueño del local que me dejaba a mí como prenda mientras iba a buscar la cartera, que había olvidado en el hotel. Si se hubiera ausentado sin dar explicaciones, nadie se habría dado cuenta, pero ahora yo era el centro de atención de los camareros y de algunos clientes que, conforme pasaba el tiempo, no cesaban de especular con lo peor que podía pasar.

Y lo peor que podía pasar sería que Ramón no regresara y la incómoda situación, llena de morbo, diera paso a la denuncia correspondiente, que yo atendería sin problemas cuando me recuperara del susto. Luego tocaría poner al corriente a mi familia y encajar el consuelo (no exento de reproches) de mis mejores amigas, que se apresurarían a decirme que ya me avisaron en su día de que mi marido era un crápula y de que mi amor por él no me permitía adivinar el alcance de sus verdaderas intenciones. Una de ellas, incluso, me diría que nunca antes se había atrevido a confesarlo, pero que ya era hora de que yo supiera que Ramón le tiraba los tejos tiempo atrás y que le pedía que lo mantuviera en secreto.

Más adelante, y a pesar de la humillación de tener que re-
construir mi vida partiendo de cero, comprobaría lo poco que
sabía yo acerca de mi propia fuerza de voluntad y el gran partido
que, aún a mi edad, podía sacar de los hombres, haciendo realidad
sueños que nunca antes me había atrevido a imaginar. En ello
estaba yo cuando mi consorte volvió a asomar por la puerta del
restaurante, feliz como si le hubiera tocado el gordo de Navidad,
con su cartera repleta de dinero.

Raquel

Mi nuevo coche lo tiene todo: un motor de seiscientos caballos que brama como un jaguar, dirección asistida, tracción a las cuatro ruedas, llantas de aleación, tapicería de cuero. Aunque lo más impresionante es su ordenador de última generación, al que llamo Raquel, que es el nombre de mi esposa. Es mi forma de darle a entender que, aun cuando ella no está presente, me acompaña a todas partes.

A Raquel no le gusta conducir, pero la otra Raquel es una experta eficiente, capaz de optimizar el trayecto hasta el mínimo indispensable. Tanto es así que a veces desatiendo sus indicaciones para pasar más tiempo a su lado. Un día, mi mujer tuvo que llevar su coche al taller y quiso probar el mío. Así fue como se conocieron e intimaron. Esta sintonía hace que mi felicidad sea completa.

Pero lo mejor de todo fue la noche que salimos a cenar y después hicimos el amor en la parte trasera del coche, como en los viejos tiempos. Nos desnudamos y follamos con una intensidad desconocida. Sin darme cuenta, empecé a acariciar también el asiento y el respaldo de cuero de vaca, y noté cómo la suspensión mecía el vaivén de una cópula inolvidable. Desde entonces no lo hacemos en otro lugar.

Ahora sé que existe la perfección. Otra cosa es por qué dura tan poco. Porque, después de tocar el cielo con la punta de los dedos, los celos hicieron acto de presencia. Llegó el día en que Raquel me quiso solo para ella, y me dio a elegir entre ella y

Raquel. Yo quise complacerla y le dije que era el verdadero amor de mi vida. Ella supo que decía la verdad. Yo no estoy tan seguro.

Inteligencia artificial

Harto de leerle a mi hijo los cuentos de siempre para que se fuera a dormir, me propuse escribirlos yo mismo. A mí no se me da bien eso de escribir cuentos, pero di con un programa informático que, aportando datos básicos (como el número de personajes, el escenario, el desenlace), era capaz de armar un relato de solvencia contrastada. El resultado fue tan espectacular que a partir de entonces lo adopté como recurso. Pasado un tiempo, recibí una llamada de un famoso grupo editorial, que aceptaba mi solicitud de publicar aquellos textos en forma de libro. Yo no había solicitado nada, pero, al parecer, el programa, después de evaluar la calidad de aquellas historias, tomó esa decisión en mi nombre.

El libro fue un éxito. De la noche a la mañana, me convertí en un autor de prestigio y me vi envuelto en una vorágine de reclamos publicitarios, a cuál más halagüeño. Pero también tuve que firmar un estricto contrato de fidelidad, cuyas condiciones cambiaron mi vida por completo. Dejé mi trabajo, que me daba para vivir y poco más, y me dediqué en cuerpo y alma a componer relatos para niños, que me pagaban a precio de oro. También me divorcié de mi mujer (la cambié por una más joven), pero perdí la custodia de mi hijo. Y sin el soporte de mi familia engordé, me di a la bebida y…

Llegados a este punto, desperté de aquella horrible pesadilla que había conseguido trastornarme. Entonces encendí la luz de la mesilla de noche, tomé papel y lápiz y volví a escribir: «Érase una vez, en un lejano país…».

El parque

Con una piruleta como único consuelo, el niño aguarda pacientemente en un banco del parque el regreso de mamá, que se ha metido en aquel edificio de ventanas cerradas con un señor mayor, que antes le ha comprado al crío esa golosina para que no se aburra, y le ha aconsejado que se la coma despacio para que no le haga daño, y que se porte bien y no tire piedras a los patos del estanque, no sea que venga el guarda otra vez y le pregunte dónde está su papá, y el niño se quede mirando al cielo, ensimismado.

Casino

La señora debe de rondar los cincuenta. Ya no es joven, pero se halla en esa fase intermedia de la vida en la que una mujer saca partido de su encanto mejor que nunca. Su marido la ha dejado sola para jugar al *blackjack* en una mesa al fondo de la sala, a salvo de miradas curiosas. A pesar de ello, la señora sabe que él no está solo: el local dispone de señoritas que acompañan a los clientes para que tengan buena suerte. Por ello, en lugar de sentarse a tomar una copa en la que ahogar su desencanto, ha venido a pasar el rato conmigo.

A diferencia de otros jugadores, que calculan las apuestas en base a las combinaciones que aparecen en pantalla, la señora se limita a introducir monedas en la ranura superior y a tirar de la palanca que pone en marcha los tambores giratorios. No atiende a la progresión de los símbolos ni a la probabilidad de que, en esta tirada o en la siguiente, le toque alguno de los premios previstos en el juego. Sencillamente se mece en el tránsito de los cilindros, viendo aparecer campanas, cerezas, barras… en una danza hipnótica sin solución de continuidad.

No le importa el dinero, es evidente. Se nota en la forma como cierra su mano en torno a la palanca, haciéndola subir y bajar. Su cara se contrae en una mueca de tristeza y una lágrima le resbala por su mejilla cuando repite el gesto de manera compulsiva, cada vez más fuerte, cada vez más rápido, sí, mirando las bananas, las fresas, sí, los tambores que giran, el ruido del mecanismo mientras jadea, ya falta poco, y una moneda más, y otra, las que hagan falta… Hasta que suena la música y yo me vacío por dentro y ella grita bien fuerte, tanto da que todo el mundo sepa que ha consumado su propósito.

El chapuzón

A la memoria de Alfred Hitchcock

El chapuzón preferido de la joven quinceañera, que vive en el número 22 de la calle Venus, es el que se da, pasada la medianoche, en casa de su vecino del número 24, que es invidente. Sin pedir permiso, entra a escondidas en su jardín y se mete en la piscina de aquel hombre, protegida por la oscuridad más absoluta, que la hace del todo invisible. Solo se escucha el sonido del agua cuando se tira de cabeza, cuando nada y cuando sale y se va corriendo. Ella también dispone de una pequeña piscina en su casa y durante el día se baña a la vista de todos, se exhibe sin pudor ante el resto de los vecinos, que la espían detrás de las ventanas. Pero ese chapuzón nocturno, atrevido y cruel, se lo dedica a él en exclusiva, sabiendo cómo le excita el embate de su cuerpo contra el agua tranquila. Piensa cómo debe de conmoverle imaginarla desnuda por completo, seguramente sin una pequeña toalla para secarse tras el baño. Y cómo le duele que marche sin decirle hola o adiós. Todo eso a ella le da igual, solo es un juego, una travesura sin importancia. Pero lo que la chica ignora es que el deseo del hombre es enfermizo. Y que por ello, protegido a su vez por la oscuridad más absoluta, que también lo hace invisible, esta noche de luna nueva ha vaciado la piscina.

Ida y vuelta

Cuando el señor llamó por teléfono a media tarde y ordenó que fuera a buscar el Rolls, que había aparcado en casa de una amiga, yo estaba limpiando los marcos del salón de las visitas. Aunque no era un encargo urgente (mi amo pensaba pasar allí toda la noche), dejé lo que estaba haciendo, cambié el delantal verde de rayas negras por una americana de franela azul marino y salí a la calle. Caminé hasta la parada del bus bajo una fina capa de lluvia, que me obligó a abrir el paraguas, y sufrí la incomodidad de una espera (a mi entender) excesiva y de un trayecto envuelto en un calor humano poco menos que asfixiante.

Una vez dentro del coche, puse en marcha el silencioso motor y me deslicé suavemente por las calles elegantes de la parte alta de la ciudad. Sin gorra ni uniforme de conductor, y sin el señor en el asiento de atrás, me di cuenta de que atraía la atención de los transeúntes de una manera distinta a la habitual. Primero se fijaban en el coche, pero enseguida me dedicaban una larga mirada llena de curiosidad. Algunos me hacían fotos con el móvil e incluso hubo quien me saludó con la mano. No pude resistir la tentación de alargar el trayecto más de la cuenta, por darme el gusto de transitar por doquier recogiendo aquel singular homenaje.

Cuando finalmente hube aparcado el coche en el garaje, no entré en casa por la puerta de servicio. Me quedé un rato de pie, apoyado en una columna del porche delantero, y encendí un cigarro, mirando (en un cielo ahora limpio de nubes) el brillo señorial de las estrellas.

El asalto

Mientras unos desconocidos asaltaban mi hogar, sonó el teléfono inalámbrico que tengo en el mueble del recibidor. Aquellos malhechores habían entrado por la fuerza a la hora de la siesta, con la firme intención de llevarse todo cuanto fuera de valor. Me habían pillado en pelotas, tumbado en el sofá, y me habían encañonado con un rifle, por si se me ocurría hacerme el héroe. Uno de ellos me indicó que cogiera la llamada y que actuara con toda normalidad: era una compañía de telefonía móvil. Conocían mi nombre y mi número de teléfono y querían proponerme una oferta ventajosa para mis llamadas domésticas. El que me apuntaba con su arma me preguntó dónde estaba la caja fuerte. Se lo indiqué con gestos. La oferta consistía en trescientos *megabytes* de fibra óptica sin permanencia y llamadas ilimitadas a fijos nacionales. En la caja apenas había algunos documentos personales y joyas de poco valor. Y no tendría que preocuparme de dar de alta la línea fija, ya incluida en el precio. Oí que los ladrones discutían entre ellos por haber elegido a un pobre desgraciado como yo, pero se largaron después de llevárselo todo y no han vuelto a aparecer. El de la llamada también acabó colgando, pero sé que aún espera respuesta.

El meteorito

El astrónomo aficionado que acaba de descubrir el cuerpo celeste de origen desconocido que entrará en colisión con nuestro planeta en cuestión de semanas duda si darle su nombre. Es lo lógico, piensa él, pero en ese caso su nombre pasará a la historia asociado a una catástrofe cuyo alcance aún está por determinar. Otra opción es bautizarlo con el santo del día. Eso ayudará a que la población creyente acepte los designios inescrutables del Creador, salvo los adeptos a otras confesiones, que solo verán aquí el lado vengativo de un dios en el que nunca han creído. También cabe la posibilidad de vender el descubrimiento a una firma comercial de comida rápida. Que nadie lo haya intentado hasta ahora no significa que no sea una buena idea. Después de todo, el pánico suele provocar un ansia de consumo desaforado. A falta de saber si la raza humana sobrevivirá al impacto estelar, aquí hay negocio.

El astrónomo aficionado sabe que urge tomar una decisión. Le parece increíble que el terrible suceso no sea conocido a estas alturas, a no ser que sus cálculos sean erróneos y no haya nada que temer. Pero, incluso entonces, el meteorito debería estar identificado. Con su nombre pasará desapercibido. Con el de un santo, algo menos. Con el de una sopa en conserva hará historia. Ello sin saber si la raza humana sobrevivirá al impacto comercial.

Enfado

Un día me enfadé conmigo mismo. Fue a causa de una tontería, como suele pasar. Yo había dicho blanco cuando en el fondo pensaba negro, así de fácil. Aquello no tenía más importancia, pero fue subiendo de tono y al final llegué a las manos. La gente que había a mi alrededor tuvo que venir a separarme. Cuando apareció la policía, se me preguntó si quería interponer una denuncia. Pensé que había motivos para ello, pero, una vez ante el juez, me declaré inocente y culpable al mismo tiempo, y eso complicó un poco las cosas. El fiscal quería acusarme de alteración del orden público, mientras que mi abogado pedía daños y perjuicios. Lo cierto es que yo era el denunciante y el denunciado a la vez, así que tuve que someterme a dos interrogatorios de signo bien distinto. El veredicto estaba en manos de un jurado popular, varios de cuyos miembros precisaron atención psicológica. Al final el juez me condenó a quedar en libertad. Me pareció una sentencia justa, aunque en el fondo la pienso recurrir.

Asesino

Acaso para dar la razón al dicho según el cual el asesino siempre regresa a la escena del crimen, tomé una vez más el ascensor desde la planta baja hasta el sexto piso. Y aunque el dicho en cuestión no tiene una base científica (hay quien piensa que su origen está, más bien, en las novelas de Agatha Christie), cumplí al pie de la letra con el ritual que rodea a esa supuesta costumbre. Es decir, asegurarme de que en su momento no se habían cometido errores apreciables ni habían quedado huellas que pudieran revelar la autoría de los hechos.

Tuve que repetir el procedimiento varias veces hasta localizar a quien había pretendido matar. Porque, el día del crimen, la supuesta víctima había sobrevivido de manera milagrosa al intento de asesinato. Lo que ocurrió fue que otro murió en lugar de mi objetivo y este suplantó su identidad.

Cuando al final coincidí con él, detuve el ascensor en la tercera planta y lo puse al corriente de todo. Él también lo hizo, y así supe que él mismo me había contratado para escenificar su propia muerte. También me confesó que había vuelto varias veces al lugar de los hechos hasta dar conmigo.

Sacó el arma antes de que pudiera preguntarle si también leía a Agatha Christie.

El rastreador

Puede que no sea el mejor rastreador del mundo, pero no me falta trabajo. Me llueven los encargos porque me avala un prestigio conseguido a base de rigor y profesionalidad. Soy capaz de seguir las huellas de mi objetivo a través de una avenida atestada de tráfico, o bien si se mueve por la ciudad en metro, decide entrar en un estadio a ver un concierto o se pierde en una zona peatonal. Mi fino olfáto lo sigue a distancia allá donde vaya. Mi eficacia está demostrada.

Pero en la última misión fallé de manera incomprensible y dejé escapar al sujeto en cuestión. Mi cliente quedó decepcionado y ahora sé que van a por mí. Hace poco, al cambiar de carril en la autopista, vi cómo el coche de atrás hacía lo mismo. Puede que no sea el único en seguirme: hay mucha gente que se dedica a este negocio, aunque pocos están a mi altura. Conozco sus tácticas, les llevo cierta ventaja.

Aun así, me he visto obligado a cambiar mis hábitos. Nunca repito el mismo trayecto dos veces, me corto el pelo en lugares distintos, me he dejado crecer la barba, no cojo el teléfono, viajo de manera constante y anónima. Sospecho que no solo me sigue gente del ramo, sino también drones o satélites. Y es que ahora todo es diferente. Qué lejos quedan aquellas noches sin dormir, haciendo guardia sentado en mi coche, comiendo fideos de arroz bajo una lluvia persistente.

No obstante, pese al cuidado con el que me muevo, a estas alturas ya deberían haberme encontrado. Si el encargo de seguirme me lo hubieran hecho a mí, ya habría dado resultado. La propia incompetencia de mis perseguidores me ha llevado a tomar una decisión resolutiva: daré con ellos antes de que ellos den conmigo. Me delataré para que se pongan al descubierto. Porque si hay algo peor que la sensación de que todo el mundo te mira es la certeza de que nadie sabe que existes.

Simultaneidad

—El retardo de la cámara acorazada es de diez minutos —me dice la empleada de caja.

Yo le estoy apuntando con una pistola y me tiembla el pulso al darme cuenta de que había pasado por alto ese pequeño detalle. Muy cerca de aquí, el equipo local empata a cero y también deben de faltar unos diez minutos para que acabe el partido. Por otra parte, ese es el tiempo estimado para que la policía haga acto de presencia: alguien ha hecho sonar la alarma antiatraco.

La empleada de caja no parece asustada. Es joven, pero conoce su oficio y conserva la serenidad. Yo tardé tres semanas en preparar el golpe. El equipo local se estrena en la liga provincial de fútbol. Todo el pueblo debe de estar pendiente del encuentro, puede que también la policía.

Empiezo a oír ruido en el exterior de la oficina, que a estas horas no debería estar cerrada. Solo un milagro puede hacer realidad el triunfo del equipo local, pero los jugadores creen que es posible. Oigo sollozos en el cuarto donde he encerrado a los clientes y al resto del personal. A lo mejor la empleada de caja ha hecho testamento, a pesar de su juventud. En la calle suenan las sirenas de la policía.

¡Penalti! ¡Penalti a favor del equipo local! En el último minuto. Suena el teléfono de la oficina: debe de ser el mediador de la policía. La empleada de caja me pide permiso para secarse el sudor. El público contiene el aliento. Yo quito el seguro de mi arma automática.

¡Goool! Los jugadores se abrazan. La policía entra en la oficina. La empleada de caja se desmaya. El árbitro pita el final. Los aficionados levantan los brazos. Se dispara la euforia.

Yo tendría que haber hecho testamento.

La bala

A la memoria de Oscar Wilde

La bala salió a una velocidad de cuatrocientos metros por segundo, de acuerdo con sus especificaciones. Fue disparada desde un revólver calibre 38 y el disparo hizo un ruido de mil demonios. Desde que la fabricaron en la empresa de armamento, había soñado con este instante de plenitud, que daba sentido a su vida, tan breve como intensa: cruzar el espacio como un relámpago para dar en el blanco con una precisión absoluta. Antes de alcanzar su objetivo (una mujer de unos cuarenta años, esbelta, atractiva) haría pedazos el móvil que la señora empuñaba para llamar a su marido, sin darse cuenta de que este se hallaba justo delante apuntándole con el arma. Él la había seguido hasta el hotel donde ella había tenido un encuentro furtivo.

En la autopsia del cadáver, la bala sería extraída de las entrañas de la víctima y metida en una bolsa transparente, como prueba de la acusación en un juicio por homicidio en primer grado. Quedaría expuesta a la vista de todos. Quizás incluso hablarían de ella en los periódicos. De cómo se bastó para acabar con la vida de un ser humano, sin que otras balas vinieran a rematar el trabajo. ¡Qué honor! ¡Qué momento de gloria!

Pero no, las cosas no ocurrieron de esa manera. Es verdad que la causa de todo fue un asunto pasional, pero el hombre se disparó a sí mismo. Lo hizo de noche y sin testigos, en un lugar desolado, después de vaciar una botella de *bourbon*. Le tembló el pulso al apretar el gatillo, erró el disparo y la bala se perdió en el horizonte, en el más completo anonimato.

Poco después, aquel infeliz volvió a su casa y, antes de meterse en la cama junto a su mujer, introdujo en el tambor de su revólver otra bala cargada de sueños.

El maldito cuento de la lechera

Fue casualidad que el jefe de la banda quisiera atracar el banco donde trabajaba mi novia. Hacía poco que ella y yo salíamos, pero ya me había presentado a su familia: les había caído bien. El padre, un importante empresario de la ciudad, dejó entrever que si me casaba con su hija podría entrar a formar parte de su empresa. Por ello, si la chica me reconocía durante el asalto, todo se iría al infierno.

Podía decirle al jefe de la banda que me encontraba mal ese día y que me dejara quedarme en el coche, pero no era seguro que me creyera. Podía tratar de pasar desapercibido, lejos de la caja, pero estaría nervioso y se me notaría. También podía dar el soplo a la policía y frustrar el golpe, a cambio de gozar de total impunidad, pero nadie me aseguraba que no hubiera consecuencias desagradables. Otra opción era que mi novia se ausentara esa mañana al sentirse indispuesta. Saldríamos a cenar la noche anterior, me ocuparía de intoxicarla con un veneno inofensivo en pequeñas dosis. Eso parecía lo más sensato.

De manera que aquella noche quedé con mi novia. Pero sus padres insistieron en invitarnos a los dos y salimos todos juntos. Cuando la tensión se me hizo insoportable, llamé a la policía para ponerla al corriente. Pero al día siguiente el jefe de la banda se sintió indispuesto y se canceló la operación. Entonces los agentes vinieron a hacerme preguntas y se supo todo. El jefe supo lo nuestro, mi novia y su padre supieron lo mío.

Y yo supe que aquel maldito veneno dejaba en la boca un agrio regusto de leche.

Atasco

Todos viajamos en el espejo del túnel,
en el vidrio oscuro, con una tumba en la cabeza.
JOAN MARGARIT

Aseguran haber visto hoy al abuelo Daniel en el atasco de la B53. Parecía dormido, como todos los que venimos temprano de la autopista del sur y enfilamos esa arteria periférica para luego derramarnos por la ciudad, como si formáramos parte de un torrente sanguíneo. Entre las siete y las diez de la mañana, hay congestión de tráfico desde el enlace con la AP10 hasta el nudo de la glorieta del norte. Se hacen amigos en ese tramo. Sé de gente que se ha enamorado a primera vista sin salir del coche, incluso en invierno, con las ventanillas cerradas.

El abuelo Daniel murió hace una semana. Llevaba tiempo enfermo de lentitud, como nos pasa a las personas mayores. Los jóvenes escuchan música o sueñan despiertos, siempre tienen el depósito lleno y se impacientan tocando el claxon. Pero la gente madura mantiene el motor al ralentí y a menudo se desplaza en punto muerto para ahorrar energía.

Como cada vez hay más conductores en el cortejo, la cola se detiene con demasiada frecuencia. Entonces, sin saber de dónde salen, se incorporan a la marcha vehículos conducidos por personas ausentes, que saben que no desentonan y se sienten aquí como en su casa. Y es que en los modernos trazados urbanos e interurbanos, hechos de hormigón y asfalto, también hay parterres con plantas y flores, que hacen más amable el tránsito eterno de las almas al volante.

Objetos perdidos

Estoy en la oficina de objetos perdidos del aeropuerto. No sé qué hago aquí, no me lo explico. Me han traído después de que llevara un rato dando vueltas en la cinta de recogida de equipajes. Pero yo no soy un equipaje, soy de carne y hueso. Intento explicárselo al mozo que se encarga del servicio, pero no nos entendemos. Me ha dado un número de registro y me ha dicho que tenga paciencia: a veces los propietarios tardan en darse cuenta de su pérdida.

El lugar en sí no es desagradable, aunque todos yacemos amontonados como si fuéramos un rebaño. Hay cierta camaradería y también algo de individualismo. Por ejemplo, una maleta de Louis Vuitton, que no se relaciona con nadie (se sospecha que transporta droga). O una espada de samurái, que está convencida de que nunca saldrá de aquí porque su dueño se ha hecho pacifista. Pero, salvo algunas excepciones, la mayoría son buena gente. Hace poco trajeron una bolsa de palos de golf la mar de divertidos. Se pasan el rato hablando de los dieciocho hoyos del campo de St. Andrews. Uno de ellos, un hierro 3, me ha comentado que su dueño trató de colarlo en la cabina del pasaje como equipaje de mano. Ello me ha dado que pensar. Yo no recuerdo que nadie me facturara ni me hiciera pasar como equipaje de mano. Sin embargo, aquí estoy.

Tarde o temprano tendré que adaptarme a mi nueva situación. A fin de cuentas, la vida es un trayecto de pérdida. Un día, de pronto, te das cuenta de que ya no eres el que habías sido hasta entonces y extrañas el nuevo escenario, la nueva relación con el entorno. Cuesta tener que aprender un nuevo lenguaje y con frecuencia se pasan malos ratos. Pero en mi caso hay algo todavía peor: el miedo a que un día, sin avisar, alguien venga a buscarme.

¿Pero quién mató a la doncella?

El inspector encargado del caso lleva semanas visitando el castillo de los condes. El asesinato de la doncella de la señora condesa ha conmocionado a todo el mundo. Nadie se explica cómo ha podido ocurrir. Era una chica de una belleza deslumbrante, de una simpatía contagiosa. No tenía enemigos, aunque sus cualidades despertaban cierta envidia a su alrededor. Había nacido no muy lejos de allí, y cuando entró a trabajar al servicio de la señora condesa esta empezó a recibir visitas que no disimulaban su curiosidad por ver en acción a una sirvienta tan ejemplar.

El inspector no se cansa de interrogar a todo aquel que ha tenido contacto con la víctima, a fin de hacerse una idea de su atractiva personalidad. Se inventa excusas para volver a la morgue a ver el cuerpo de la joven y pide que lo dejen solo con ella porque hay detalles de la autopsia que no le acaban de cuadrar. Tiene la habitación de su casa llena de fotos, no ya de la escena del crimen, sino del álbum familiar de la difunta. Sus superiores lo han llamado al orden, porque su dedicación exclusiva a este caso lo aparta de otros que también merecerían su atención.

Pero el hombre está desbordado. Aun admitiendo que el caso no se presenta complicado, se da cuenta de que su intuición inicial va cambiando conforme pasan los días. Si al principio creía que nadie tenía motivos para matar a la doncella, ahora piensa que cualquiera puede ser el asesino. Incluso él mismo la habría matado, de haber tenido ocasión. Porque sospecha que él también se habría sentido rechazado por ella.

Ikaros

Después de descabalgar a su jinete en el último obstáculo de la carrera, el caballo Ikaros se lanza en estampida hacia la línea de llegada, que cruza en solitario, muy por delante del caballo que viene detrás de él. Ante ese hecho insólito, el comité organizador del derbi se reúne de urgencia con el propósito de descalificar al ganador y otorgar el trofeo al primer jinete que ha cruzado la meta a lomos de su montura.

La decisión debe ser unánime, pero un miembro del comité inicia un agrio debate al sostener que un caballo capaz de vencer, él solito, una prueba de tal envergadura merece el respeto que le otorga su gesta aunque cuente con la ventaja de no soportar el peso de su jinete. Ello provoca una discusión que finalmente obliga a tomar la decisión salomónica de suspender la carrera y volver a dar la salida.

Las consecuencias no se hacen esperar. Las taquillas del estadio se llenan de quienes exigen cobrar el premio por la victoria de Ikaros y quienes reclaman la devolución de sus apuestas por la suspensión de la carrera (se habían jugado auténticas fortunas). El tumulto acaba en una pelea multitudinaria, que hace intervenir a las fuerzas de orden público. Algunos espectadores, tratando de esquivar el cerco, invaden el terreno de competición y hacen el recorrido. Pero, como el trazado es circular, cuando llegan a la meta son conducidos directamente a los furgones policiales.

En medio de todo aquel despropósito, Ikaros se desliza circunspecto hacia las caballerizas. Se revuelca en la paja de su establo y no tarda en quedarse dormido. Esa noche tendrá un sueño extraño: se verá en lo alto de un podio donde le cuelgan la banda de campeón mientras su yegua le susurra al oído: «Amor, esto es solo es un pequeño paso para un equino, pero un gran salto en la lucha por la libertad».

Superviviente

A la memoria de David Lynch

Al subir al avión, tuve la impresión de que algo no iba bien. No sabría concretar mis temores. Quizás subió también alguien que llevaba un plan siniestro. Quizás el moderno reactor no estaba en condiciones. Quizás, simplemente, no era un buen día para volar. De manera que quise huir de allí lo más lejos posible, y apenas pude escuchar a la azafata hablar de las mascarillas de oxígeno y de cómo inflar el chaleco salvavidas tirando de una hebilla o soplando directamente, pero nunca dentro del avión. Para cuando el comandante anunció el despegue inmediato, yo había llegado a mi destino y deshacía mi equipaje en la habitación de un cómodo hotel a pie de playa.

Salí al balcón: hacía un día espléndido. Pensé en bajar al bar a tomar una copa, pero a causa de las turbulencias no se servían bebidas a bordo. También me propuse darme un baño relajante, pero había cola para usar el servicio de caballeros. En la recepción del hotel había coincidido con una chica muy simpática y atractiva, que me confesó que le daban pánico los aviones. Yo, tratando de calmarla, la invité a sentarse conmigo en un rincón mientras procuraba disimular la turbación de estar junto a ella. Fue amor a primera vista por ambas partes.

Intimamos. En su nerviosismo vi una excusa para cogerle la mano. Ella, a su vez, se me acercó hasta casi apoyar su cabeza en mi hombro para que habláramos en voz baja, sin molestar a los demás. Lo cierto es que a esas horas no había nadie en el vestíbulo del hotel, pero las azafatas iban y venían repartiendo bebidas y bocadillos mientras una música de fondo cerraba un entorno perfecto para compartir confidencias. Y la luz que obligaba a usar el cinturón de seguridad se había apagado.

Fue entonces cuando nos besamos. El motor del ala derecha se incendió y el avión sufrió una sacudida que arrancó de su asiento a buena parte del pasaje. La chica y yo rodamos por el suelo junto a una mesa llena de revistas y periódicos del día. Rodeados de gritos de pánico, hicimos el amor como si nos jugáramos la vida. Pero al estrellarnos perdimos el contacto y no he vuelto a saber nada de ella.

Yo tuve suerte: a mí me rescató el servicio de habitaciones.

El accidente

El descarrilamiento acontece a pocos kilómetros de la estación donde he tomado el tren de larga distancia. La locomotora se sale de la vía por causas desconocidas y se precipita fuera de control por un barranco en cuyo lecho discurre un río caudaloso. Enseguida arrastra al resto de vagones hacia un final inapelable. Dicen que, en esos momentos próximos al final, la memoria de una persona discurre a gran velocidad en una revisión sumaria de los acontecimientos relevantes de su vida. Pero, para mi sorpresa, pasan ante mí un montón de multas de aparcamiento, facturas impagadas, gestiones burocráticas ante la Administración, aniversarios de amigos a los que no felicité, la lucha estéril por ascender en el trabajo, etcétera. ¿Y mis conquistas amorosas? ¿Y aquellas noches inolvidables de sexo y alcohol hasta el amanecer? ¿Quién decide lo que ha sido importante para mí? ¿Cómo debo hacer constar mi disconformidad, a pocos segundos de morir aplastado por el infortunio?

Tampoco entiendo cómo, en el último instante y a pesar del brutal zarandeo que casi acaba con mi vida, consigo abrir la puerta del vagón y me precipito en el río, en el que también estoy a punto de morir ahogado. Pero logro sobrevivir a tan dantesco accidente y, de manera automática, mi memoria recupera la estabilidad. Entonces, una voz interna me susurra que, aunque no he tenido hasta ahora una vida demasiado relevante, aún estoy a tiempo de hacer que valga la pena.

Desfile

El desfile de modelos ha terminado después de lo previsto y es tarde para desmontar el escenario. Se han apagado los focos, pero la luz nocturna a través de una ventana filtra una penumbra cómplice. Es entonces cuando la envidia inicia el desfile con el paso inseguro y la mirada triste, consciente de todo lo que ansía en vano. La sigue la ira, dispuesta a vengarse de aquel que se cruce en su camino. La gula, luciendo tambaleante su talla XXL, y enseguida la soberbia, que se demora a conciencia para dar tiempo a que se aprecie su esplendor. La avaricia, por su parte, exhibe prepotencia con gestos explícitos, mientras que la lujuria proclama con descaro su impúdica desnudez. Cierra el pase la pereza, fiel a una desgana esencial que le impide salir a escena.

Pronto tendrá lugar un nuevo desfile a plena luz del día, lleno de glamur y cámaras con *flashes,* para admirar a la esperanza, la prudencia, la fe, la justicia, la templanza, la caridad, la fortaleza. Como siempre, estará al alcance de unos pocos afortunados. El resto esperará a que se haga de noche y no quede nadie y todo se apague. Entonces, como en un eterno ajuste de cuentas, con la mayor impunidad saldrán a desfilar los anhelos más inconfesables.

El taller

Me apunté a un taller para aprender a pescar. Era un curso teórico-práctico de seis horas de duración, divididas en tres sesiones de dos horas cada una. La inscripción era gratuita y no se requerían conocimientos previos, salvo las ganas de aprender y la pasión por la pesca. A los asistentes se les proporcionaban los aparejos básicos: una caña, anzuelos, la red para recoger las capturas, un cesto de mimbre. Las plazas eran limitadas.

El temario pasaba revista a lo que entendemos por pescar. Porque hay cierta confusión al respecto. Tú vas tranquilamente y de pronto encuentras un lucio o una langosta: eso es tener suerte, sirve de estímulo. Pero la verdadera satisfacción se logra a través del rigor y la constancia. El buen pescador pesca incluso en sueños, aunque no empuñe la caña.

Antes de pasar a los ejercicios, el monitor daba unas consignas basadas en ejemplos de grandes capturas, llevadas a cabo por auténticos expertos. Luego concedía diez minutos para que los alumnos buscaran su propia presa. Pasado ese tiempo, se hacía una puesta en común del resultado.

Algún espabilado traía ya un pez que había pescado con antelación, pero la gran mayoría se dejaba guiar por su instinto y salían cosas curiosas. Entonces el monitor proponía acabar de redondear el trabajo en casa para exponerlo en la siguiente sesión.

Acabado el curso, recibí un diploma acreditativo y desde entonces salgo a pescar con relativa frecuencia. Me doy cuenta de que algunos de los consejos recibidos me ayudan a obtener buenos resultados. Pero, con el paso del tiempo, a pesar de acumular experiencia y por mucho empeño que ponga en ello, la diferencia entre el éxito y el fracaso siempre depende de si pican o no.

Pintada

Un día, al salir a la calle, vi que alguien había pintado en el muro de mi casa. Era una especie de caricatura obscena, dibujada en colores vivos, que representaba a un joven con los pantalones bajados, haciendo sus necesidades frente a una pared de ladrillos. Sin entender la gracia ni el motivo de aquella representación, me dirigí de inmediato a poner una denuncia por lo que yo consideraba una clara violación de la propiedad privada.

Mientras el trámite seguía su curso, me enteré de que el autor de aquel dibujo había muerto en extrañas circunstancias. Opté entonces por abandonar toda reclamación legal y pintar de nuevo mi muro para restituirle el color blanco original. Pero, antes de que pudiera hacerlo, un avezado periodista inició una campaña publicitaria a favor del grafiti, cuya calidad, según sus palabras, lo situaba a la altura de las grandes caricaturas de no sé qué tendencia transgresora que se había puesto de moda.

El revuelo que se armó fue tan espectacular que una mañana me despertaron los gritos y aplausos de un grupo de personas, que se habían congregado alrededor de aquella presunta obra de arte. Desde mi ventana los vi sacar fotos y comentar las virtudes del trazado pintado con aerosol. Aquella misma mañana recibí la oferta de un museo de arte moderno, que quería comprar el trozo de pared afectado por el dibujo en cuestión. La oferta cubría con creces la reconstrucción del muro y todavía me dejaba un beneficio nada despreciable. De manera que acepté sin rechistar y llegué a olvidarme del tema.

Pero hoy, al cumplirse un año de la muerte del autor de la pintada, mi muro ha vuelto a aparecer cubierto de dibujos alusivos, corazones atravesados por flechas y mensajes del tipo «nunca te olvidaremos».

El torso

La policía irrumpió por sorpresa en la exposición que estaba destinada a ser la noticia del verano. Un acontecimiento excepcional que agitaría la vida artística de la ciudad, últimamente en declive ante la falta de nuevos talentos o ideas originales. El viejo escultor, retirado de la actividad que le había hecho famoso durante años, regresaba ahora con una propuesta singular: un torso de mujer de estilo neoclásico, evocando los cánones del período helenístico vigente entre los siglos IV y I antes de Cristo.

La expectación causada por una noticia tan inesperada era un fenómeno que los entendidos no cesaban de analizar. Porque no era solo la novedad de volver a ver el trabajo de un maestro consumado tras una ausencia tan dilatada: había también cierta desconfianza, basada en pruebas irrefutables, de que su salud mental le hubiera capacitado para emprender una obra de esa magnitud. Todo el mundo relacionado con el arte conocía de sobra la extravagancia del autor, el exagerado rigor que aplicaba en sus métodos de trabajo para que el resultado final emulara a los clásicos universales, sin importar el precio a pagar.

Pero allí estaba él, radiante en olor de multitudes, junto a la obra de su vida: un mármol inmaculado de una belleza inclasificable. Y allí estaban ellos, los agentes, que, tras identificarlo y esposarlo, se lo llevaron detenido ante el asombro de los presentes, acusado de asesinato. En su taller, previamente degollado y mutilado, estaba el cuerpo de la joven que le había servido de modelo.

Arte

Es la hora de la merienda. El operario que trabaja en las obras de remodelación del museo nacional se dirige a la sala donde ha dejado la magdalena rellena de crema y el zumo de frutas que ha comprado en la pastelería. Da un mordisco al bollo y toma un trago del pequeño envase de cartón. Pero en ese momento lo llaman por teléfono: acaba de ser padre. En medio de una euforia incontenible, sale corriendo y deja su refrigerio en la sección de arte contemporáneo. Lo había colocado sobre una caja manchada de pintura y (mira por dónde) le cae encima la luz de uno de los focos del techo, que, sin proponérselo, lo incorpora al resto de piezas en exposición. La verdad es que no desentona junto a las esculturas comestibles de Sonja Alhäeuser, los retratos vegetales de Giuseppe Arcimboldo o las creaciones de Ida Frosk en forma de canapés.

El día de la inauguración de la nueva temporada, el público llena las galerías del museo y una multitud de espectadores pasa delante de aquella merienda a medio acabar. Se oyen comentarios en relación con la transitoriedad de la materia. Uno de los visitantes (un turista americano) propone a la dirección del museo adquirir aquella «obra de arte» por cien mil dólares. Entonces alguien se da cuenta de que la pieza no está catalogada y se desconoce el autor. De manera que la operación se cierra sin problemas y el nuevo propietario, después de facturar el conjunto como equipaje, se lo lleva a casa.

No tarda nada en convocar a sus amigos para enseñarles su nueva original adquisición. Monta fiestas (con más alcohol de la cuenta para evitar desmayos) y además hace negocio cediendo su montaje para futuras exhibiciones. Un crítico de renombre habla del diálogo entre la perdurabilidad de la caja y la caducidad de los alimentos. Y añade que el aura de ternura que desprende la propuesta, junto con su osadía, dispara el valor conceptual de una pieza irrepetible.

A las puertas de una nueva exposición, que ha de consolidar la proyección imparable de aquella instalación singular (cuyo valor ya se ha multiplicado varias veces), un error de coordinación en el transporte deja la caja y el tentempié en medio de un pasillo a oscuras, poco antes de que el servicio de limpieza comience el turno de noche.

Al día siguiente todo está limpio y pulido.

El honor

A causa de la explosión de una bomba en la batalla de Isaszeg, que enfrentaba a las tropas del Imperio austríaco contra fuerzas rebeldes húngaras, el barón Erich von Ludden voló por los aires, tan alto que penetró en el túnel del tiempo y fue a parar a una base militar en territorio desconocido, casi doscientos años más tarde. Tras el desconcierto inicial, provocado por la turbulencia del viaje, el barón fue consciente de que había aterrizado en un entorno castrense, de manera que pidió entrevistarse con el oficial al mando de aquella instalación. A riesgo de que lo enviaran directamente al manicomio (por la extravagancia de su indumentaria), vio cómo el coronel de la base accedía a ponerlo al corriente de los recursos a su alcance, conmovido tal vez por el entorchado singular de aquel curioso personaje, cuyo aire marcial le recordaba los viejos tiempos de la academia de oficiales.

Así fue como el barón Von Ludden supo que estaba en una base de drones, preparados para eliminar a distancia tanto objetivos militares como civiles. Había tropas desplegadas en el frente, pero la táctica se basaba en el intercambio de misiles, sin combates cuerpo a cuerpo. El enemigo se movía en la sombra, presuntamente oculto en un hospital, en una escuela infantil, en un centro de acogida. Para conseguir la victoria, era necesario no tener la menor consideración a los daños colaterales.

El coronel en persona se ocupó de que el barón fuera atendido en un centro de salud mental, como veterano de guerra. Lo visitó con frecuencia y ambos jugaron largas partidas de ajedrez.

No siempre ganaba el barón, pero al menos él nunca perdió el honor.

Duelo

Los duelistas habían de caminar diez pasos, girar en redondo, empuñar las armas, apuntar y abrir fuego. El más hábil pensaba sacar ventaja de tener mejor puntería, pero pasó por alto que el otro ni siquiera sabía contar.

Medallas

Cuando se firmó la paz entre los dos países largamente enfrentados en una guerra cruenta y devastadora, sus habitantes conocieron una etapa de crecimiento que los llenó de esperanza. Todo volvió a ser normal, los ejércitos se recluyeron en sus cuarteles y se centraron en el mantenimiento de su capacidad operativa. Pero con el paso del tiempo se puso en evidencia un detalle singular: el número de medallas otorgadas a los soldados sufrió un descenso notable. Ya no había motivos para condecorar a nadie por actos de valor. Nadie ponía en peligro su vida por salvar la de los demás. Y en las recepciones castrenses el alarde de insignias que los veteranos lucían con orgullo contrastaba con el pecho impoluto de los oficiales noveles. Así que se empezó a dar valor a otras cuestiones que hicieran a la tropa merecedora del galardón correspondiente. Se impusieron medallas a la neutralidad, a la contención, a la clemencia. Hubo incluso un alférez que fue condecorado por declararse en huelga de hambre para mediar en un problema vecinal. Por ello, cuando más adelante volvieron las hostilidades, los militares, instruidos para el caso, trataron de resolver el conflicto de forma civilizada.

Invasión

Llegaron de madrugada y nadie advirtió su presencia. A esas horas dormíamos todos, las calles estaban desiertas, nada rompió el silencio que cubría por entero la pequeña localidad costera. Había un retén de guardia en el ambulatorio y en la comisaría de policía, pero no se recibieron llamadas, no hubo urgencias ni incidencias de ningún tipo.

A la mañana siguiente se dieron a conocer. Irrumpieron por sorpresa en las calles, en las plazas, en los establecimientos urbanos. La gente corrió de vuelta a su casa, la escuela pública suspendió las clases. Algunos vecinos incluso hicieron las maletas y huyeron para evitar males mayores. La emergencia subió de nivel cuando se supo que toda la zona entraba en conflicto y podía ser ocupada por fuerzas hostiles, cuyas intenciones aún estaban por determinar.

El caos creció como la espuma, pero una parte de la población conservó la calma, dispuesta a resistir. Poco a poco y con prudencia, la actividad laboral y comercial retomó su curso. Se evitaron los desplazamientos que no fueran imprescindibles. Se dio prioridad al suministro de alimentos y medicinas. Se trataba de capear el temporal de la mejor manera posible. Aquella situación tenía que ser transitoria.

Y lo fue. Un día, acabada la temporada veraniega y sin necesidad de despedirse, tal y como habían venido, los turistas abandonaron la ciudad.

Circo

El payaso cuenta con el apoyo de buena parte del público a la hora de presentar su candidatura política, que se perfila como la gran favorita en las próximas elecciones. Compite con el mago, que tiene a su favor una extraordinaria habilidad para engatusar al respetable con trucos que dejan con la boca abierta al más incrédulo. Tampoco hay que olvidarse de la domadora de leones, que infunde respeto gracias a la autoridad con la que sofoca cualquier tipo de amenaza, aunque provenga de la fiera más peligrosa. Ni del equilibrista, que provoca la admiración de toda la familia cuando ejecuta figuras imposibles sin que le tiemble el pulso y sin necesidad de contar con una red de seguridad. No tan convincente resulta el hombre bala, al que nadie le discute la espectacularidad de su propuesta, aunque la gente no es tonta y sabe bien que el presunto cañón no es más que un resorte calibrado para empujarlo a una distancia calculada. Hasta los más pequeños se llevan un desengaño cuando ven que la munición humana no explota al llegar a su destino.

Todos los candidatos aprovechan su turno dentro del espectáculo para transmitir su programa de gobierno, lleno de ventajas de cara al futuro. Todos tienen partidarios que los aclaman y detractores que los abuchean. Y entre todos llenan a diario la carpa virtual del circo de un público dispuesto a dejarse seducir por todas esas puestas en escena y a ocultar su indiferencia aplaudiendo por costumbre al final de cada función.

Blancas y negras

A David Vila i Ros

Después de hacer jaque mate mediante una hábil combinación de caballos y alfiles, las blancas no ejecutaron al rey negro. Pensaron que esa tradición milenaria, arraigada en los orígenes del juego, debía dar paso a una forma más civilizada de mirar hacia delante, una vez concluidas las hostilidades. Fue un gesto para reconciliarse con las negras, diezmadas tras una lucha sin cuartel.

Como es natural, la capacidad de las negras quedó limitada tras el conflicto. Tanto la dama como su séquito vieron reducida su hegemonía a tres casillas y las torres fueron desarmadas. Las blancas siguieron ocupando el centro del tablero, como medida disuasiva ante cualquier intento de rebelión. Las piezas restantes volvieron a sus posiciones iniciales para hacer frente a la ardua reconstrucción del país.

Pero la dama negra se vio superada por la situación. Ella era una pieza muy valiosa en los actos oficiales y en las reuniones sociales, gracias a su dominio del protocolo. Pero no estaba preparada para gobernar. De manera que, siguiendo el consejo de su alfil (que a su vez lo recibió del caballo), delegó las funciones ejecutivas en el peón de rey, quien no dudó en asumirlas.

Con el tiempo, y en otro gesto de buena voluntad, se permitió a un peón negro coronar la fila octava del tablero. Así pudo el rey negro regresar de su exilio. Pero, tras agradecer las muestras de afecto recibidas, optó por un enroque largo para alejarse de la vida pública.

Por su parte, el peón de rey, consciente del camino por recorrer, se propuso iniciar el proceso hacia la normalidad democrática. Bajo su mandato, más peones negros coronaron la fila octava, pero no para recuperar a políticos o miembros de la realeza, sino para que volvieran otros peones, con los que formar un tejido social sensible y mentalizado, dispuesto a cambiar las cosas, recuperar el pasado y (sumando los esfuerzos necesarios) hacer de la república una realidad.

El refugio

Las personas más poderosas de la Tierra entraron en el refugio atómico. Habían llegado en sus respectivos *jets* privados cuando la alerta por desastre nuclear desató el caos y el pánico se apoderó de las calles y la gente salió en estampida a buscar la manera de huir del inminente desastre. Enseguida se formaron atascos en las principales vías de salida de las ciudades; hubo pillaje, desórdenes, la lucha a muerte por la supervivencia. Pero el refugio era seguro.

El lugar estaba equipado con todos los adelantos técnicos para hacer posible una cotidianeidad agradable y sin sobresaltos. No faltaba nada en la despensa, las estancias habían sido decoradas con todas las comodidades y el lujo predominaba por doquier, de acuerdo con la categoría de los huéspedes, quienes apenas notarían la diferencia entre sus nuevos aposentos y los respectivos palacios de origen.

Desde el momento en que se cerró la puerta blindada de acceso, el resto del mundo desapareció para aquel selecto grupo de afortunados. Todo siguió como si nada hubiera cambiado, incluso ganaron en calidad de vida, merced a la pureza del aire y a la total ausencia de tensiones provocadas por conflictos de carácter nacional e internacional. No en vano, las naciones habrían desaparecido, así como las banderas, la política, los negocios, la inestabilidad del clima, las guerras. Aquello era la paz en estado puro.

Al cabo de un tiempo, mediante un sofisticado sistema de escucha, se estableció contacto a distancia con el exterior, a fin de evaluar el rastro de vida en el planeta y el nivel de contaminación tras la hecatombe. De manera sorprendente, las lecturas eran normales; incluso se captaron conversaciones en las que los presuntos supervivientes hablaban y reían con toda normalidad. Parecían contentos: para ser exactos, más contentos que nunca.

Fue entonces cuando aquella pandilla de privilegiados, encerrados en una cámara inexpugnable, se dieron cuenta de que, por fin, la humanidad se había librado de ellos.

Las recetas de Chen Li

Hacia finales del siglo XIX, la prisión china de Fusan, situada al norte de la provincia de Qingai, se hizo famosa por una serie de circunstancias que llamaron la atención de las autoridades locales. El lugar estaba lleno de presos conflictivos, muchos con delitos de sangre y un largo historial de altercados e intentos de fuga. Los motines se sucedían como la cosa más natural, provocados por cuestiones de salud pública, falta de seguridad o por simple rivalidad entre los reclusos. El último se había saldado con una decena de muertos, entre ellos el jefe de cocina del establecimiento.

Tras no pocos intentos de hallar un sustituto al frente de los fogones, se contrató a Chen Li, una joven que hasta entonces había ayudado a su padre en un negocio familiar de comidas caseras. Las reticencias de quienes dudaban de dicha elección se esfumaron tras comprobar la rápida aceptación de sus primeros guisos. También se hizo evidente, desde el principio, que la exótica belleza de la señorita Li no iba a pasar desapercibida y que no había que descartar que diera paso a nuevos incidentes.

Pero, contra todo pronóstico, aquel colectivo de delincuentes, proclive al desenfreno, se convirtió en un rebaño que acudía sumiso a degustar las exquisiteces que preparaba la joven cocinera. Ello se traducía en una conducta ejemplar, que a su vez desembocaba en una reducción de condenas por buen comportamiento.

Sin embargo, al recuperar la libertad, muchos de aquellos individuos, echando en falta la privilegiada manutención que habían dejado atrás, reincidían con la esperanza de volver a estar entre rejas para recuperar el apetito. Así, de manera paradójica, el recinto penitenciario llegó a ser el enclave más seguro en una zona que, al correrse la voz de lo que se cocinaba entre aquellas cuatro paredes, vio crecer la inseguridad en las calles, con delitos que superaron con creces todas las expectativas.

Por ese motivo, la prisión china de Fusan fue, durante mucho tiempo, el lugar más visitado de la vasta provincia de Qingai.

¡Válgame Dios!

La suerte estaba echada y el reo sería crucificado en cuestión de horas. Los acontecimientos habían desembocado trágicamente en una situación irreversible, que apenas iba a afectar a un pequeño grupo de familiares y amigos. Era un problema de orden público; uno más de los que, de manera habitual, alteraban la (ya de por sí conflictiva) convivencia de los lugareños con la autoridad competente. Por lo demás, la ejecución se llevaría a cabo sin mayores contratiempos.

Nada hacía presagiar que aquel suceso local tendría consecuencias; que sería el principio de una corriente espiritual transgresora, portadora de un mensaje trascendental, que iría ganando adeptos conforme se conocieran detalles de la vida y milagros del personaje; que, tras una larga y sangrienta etapa de oscurantismo y persecución, difundiría sus mensajes más allá de las fronteras conocidas; que se instalaría en el poder y acabaría arrastrando a multitudes enfervorizadas, capaces de dar su propia vida y tomar la de los demás en función de una creencia religiosa; que impondría las efemérides del calendario y dictaría normas sobre usos, costumbres y tradiciones de la comunidad; que daría sentido a la vida a cambio de renunciar a buscarlo en otra parte; que acumularía un patrimonio inmobiliario colosal y una estructura jerárquica autorizada a tomar posesión de un número considerable de palacios suntuosos y obras de arte universales; que monopolizaría la definición del bien y del mal y aplicaría jurisprudencia sobre los actos del ser humano, enviando a los inocentes al cielo y al infierno a los culpables; que lideraría la organización y distribución de ayuda humanitaria en todo el mundo, llenando de esperanza a millones de personas afectadas por cualquier infortunio; que no solo desvelaría el origen de la vida en la Tierra, sino también lo que nos espera después de la muerte.

En honor a la verdad, ¿quién demonios se iba a imaginar que aquello llegaría tan lejos?

Año 594

En una solemne ceremonia, que contó con la presencia de altos representantes de la cúpula celestial y del averno, se pusieron en funcionamiento los siete círculos previstos para sancionar los distintos tipos de pecados capitales. Se atendía así la alta demanda de las almas que, tras dejar este mundo, habían denunciado en varias ocasiones la injusticia de ser condenadas por toda la eternidad por asuntos puntuales de carácter menor que podían redimirse a base de arrepentimiento. A partir de ahora, la demora de los usuarios en las nuevas instalaciones podría comportar pena de daño (privación temporal de entrar en contacto con la divinidad) o pena de sentido (el tormento del fuego). Ello permitiría agilizar las gestiones para canalizar de manera adecuada el tránsito al destino final.

En los siglos posteriores, figuras relevantes de la jerarquía eclesiástica matizaron que no se trataba de una prolongación de la situación terrenal después de la muerte, sino de un camino hacia la plenitud a través de una purificación completa. También se estableció que no sería un lugar del espacio, del universo, sino «un fuego interior que purifica el alma del pecado».

Precisamente, hoy en día el debate gira en torno a la cuestión del fuego. Se cuestiona no solo el fuego temporal que sufren las almas en pena, sino también el fuego eterno en el infierno. Porque las llamas pueden quemar la carne, pero no el espíritu. A pesar de ello, nadie pone en duda, a estas alturas, la inefable utilidad del purgatorio.

Homero revisitado

El profeta Tiresias le había hablado del sugestivo y peligroso canto de las sirenas. De cómo las melodías que emitían aquellos seres de apariencia femenina, con la mitad inferior de su cuerpo en forma de pez, solían arrastrar a tripulaciones enteras hacia un fatal desenlace, si estas osaban escuchar su atractivo reclamo. Por su parte, la diosa Circe había instruido al legendario marino en el arte de salir airoso de aquel singular desafío: debía tapar con cera los oídos y así poder ignorar los maléficos cantos.

Ulises lo tenía muy claro: bajo ningún concepto podía perder la concentración en favor de unas voces tan dulces como embaucadoras. Por eso, temeroso de que alguno de sus compañeros sucumbiera a la tentación y se desprendiera de la protección auricular, decidió emplear él mismo dicho recurso y dejar que la tripulación remara libremente, sabiendo que el capitán estaría siempre al mando.

A poco de iniciar la singladura, Ulises, amarrado con cuerdas al timón y sordo como una tapia, empezó a notar que los remeros perdían el control y el compás de la bogada. Tan pronto los de la derecha remaban más fuerte que los de la izquierda como estos tomaban la iniciativa y entre todos exponían la nave a que se hiciera pedazos al chocar contra las rocas. Entonces urgía coger el timón con determinación y compensar los continuos vaivenes para no perder el rumbo.

Cuando pasó el peligro, los marineros, exhaustos, estaban desconcertados. Aseguraban haber escuchado a Penélope susurrando frases lascivas e invitándolos a una orgía sin límites. Ulises tardó semanas en convencerlos de que aquellos cantos no iban por ellos. Y diez años en comprobar que solo iban por él.

Rebajas

Eran las nueve de la mañana cuando Moisés, huyendo del ataque inminente de las tropas del faraón (que amenazaban la supervivencia de su pueblo), alzó su bastón para separar las aguas agitadas del mar Rojo. Con este disparo de salida, una muchedumbre enfervorizada invadió (de arriba abajo) las dependencias del centro comercial, arrasando por defecto todo cuanto hallaba a su paso. La marabunta se repartió por la sección de señoras, la de caballeros, la de niños, la de deportes y la de objetos decorativos y para el hogar. Así hasta ocupar todas las plantas del edificio. Todo el mundo parecía feliz y afortunado porque los soldados habían muerto ahogados por la crecida de las aguas y no les perseguirían más. Además, la euforia de los descuentos colapsaba los vagones del metro en hora punta y llenaba por completo los andenes y las escaleras mecánicas por la fiebre de probarse artículos de primera mano rebajados de precio. No obstante, en medio de todo aquel desbarajuste de empujones y carrerillas, nadie se percató de que no había suficientes botes salvavidas y ya se acercaba la hora de cerrar el establecimiento. A causa de ello, a pesar de las llamadas de los vendedores pidiendo que la gente pasara por caja en orden de cola, el enorme transatlántico se acabó hundiendo después de batir todos los récords de recaudación, arrastrando a clientes y bolsas llenas de saldos sin que nadie, ni siquiera Noé, se viera capaz de salvar a tantos animales.

Agradezco a mi amigo Ricard Mateu su personal lectura de los textos de este libro, traducida en una serie de dibujos llenos de sensibilidad. También doy las gracias a Carla Pi, amiga y compañera de letras, por su valioso asesoramiento lingüístico.

Esta edición bilingüe es una invitación a tomar en consideración la relación entre dos de las lenguas del Estado español, sus similitudes y diferencias, su particular sonoridad. A la buena convivencia se llega a través del conocimiento y del respeto mutuo. Y si es verdad que basta una sola lengua para entendernos, aceptar la pluralidad es un signo de civilización. Y de cultura.